Frauke Scheunemann

Winston
Im Auftrag der Ölsardine

Alle Bände von **WINSTON**:

Band 1: Ein Kater in geheimer Mission
Band 2: Agent auf leisen Pfoten
Band 3: Jagd auf die Tresorräuber
Band 4: Im Auftrag der Ölsardine
Band 5: Kater undercover

Frauke Scheunemann

WINSTON

Im Auftrag der Ölsardine

Loewe

Für meine tapfere Greta.

FSC
www.fsc.org
MIX
Papier aus verantwortungsvollen Quellen
FSC® C014496

ISBN 978-3-7855-8114-8
2. Auflage 2017

Umschlaggestaltung: Franziska Trotzer
Redaktion: Christiane Rittershausen
Printed in Germany

www.loewe-verlag.de

Prolog
oder: Ein Kater in Not!

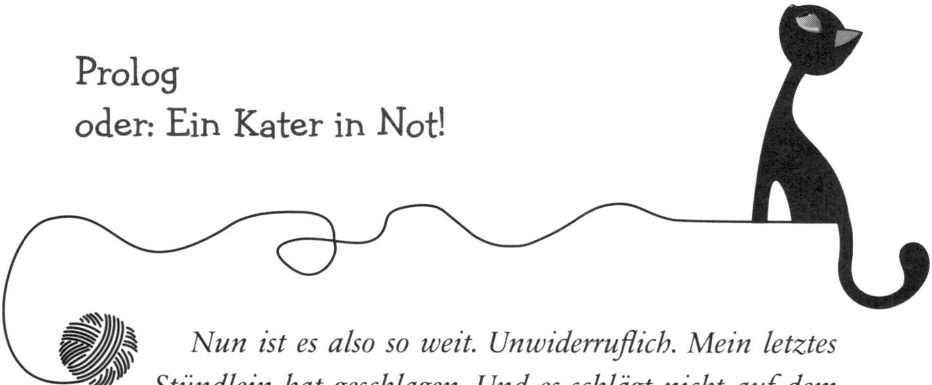

Nun ist es also so weit. Unwiderruflich. Mein letztes Stündlein hat geschlagen. Und es schlägt nicht auf dem heimischen Sofa, meinem kuscheligen, sonnenbeschienenen Lieblingsplatz, im Kreise meiner Familie, die von mir Abschied nehmen will. Nein, es schlägt auf der kalten Platte des Untersuchungstisches von Tierärztin Dr. Wilmes.

Andererseits – lieber jetzt mein kurzes Katerleben aushauchen, als weiter leiden müssen. Ich habe so starke Bauchschmerzen, dass es mich regelrecht zerreißt. Werner Hagedorn, mein treuer zweibeiniger Kamerad, hat mich sofort hierhergefahren, als mir so schwindelig wurde und ich ständig umgefallen bin. Nun steht er neben dem Tisch und streichelt mir beruhigend über den Kopf. Aber ich kann in seinem Gesicht lesen, dass er furchtbare Angst um mich hat. Auch meine beste Menschenfreundin Kira, die mich die ganze Fahrt über auf ihrem Schoß gehalten und gestreichelt hat, kämpft mit den Tränen. So schlimm ist es also um mich bestellt, miau!

Als Frau Doktor versucht, mein Bäuchlein abzutasten, strample ich mich mit letzter Kraft aus ihren Händen frei, um dann völlig erschöpft auf der Seite liegen zu bleiben. Die Tierärztin nutzt die Gelegenheit und leuchtet mir mit einer Taschenlampe in die Augen. Dazu murmelt sie vor sich hin, und ich meine, so etwas wie »Oje« oder »Oh weh« herauszuhören. Das wundert mich nicht. Ich weiß, dass ich dem Tod näher bin als dem Leben.

Schließlich räuspert sich Frau Dr. Wilmes. »Herr Professor Hagedorn«, sagt sie, und ihre Stimme klingt dabei sehr ernst, »ich fürchte, Winston wurde vergiftet. Oder hat zumindest etwas gefressen, was für Katzen giftig ist. Die Pupillen sehen jedenfalls so aus, als hätte er Drogen verabreicht bekommen. Wir werden ihm nun den Magen auspumpen müssen. Ich hoffe, ich kann ihn noch retten.«

Bei Kira fließen nun wirklich die Tränen, auch Werner schnappt nach Luft.

Ich bin zu schwach, um zu reagieren. Wenn mich der gütige Katzengott nun heimholt, dann soll es wohl so sein. Wer hätte gedacht, dass es einmal so schnöde mit mir zu Ende geht! Dabei war doch vor ein paar Tagen noch alles in Ordnung und ich lag friedlich auf unserem schönen Sofa in der Hochallee 106a in Hamburg, während um mich herum die alljährliche Hagedorn'sche Familienfeier tobte. Hätte ich gewusst, dass dies mein letztes Fest und meine letzten Tage mit meinen Lieben sein würden, ich hätte sie mehr genossen. Aber dafür ist es nun leider zu spät. Leb wohl, du schöne Welt! Leb wohl, Hamburg, meine Perle!

Konzert für zwei Blockflöten und eine schiefe Stimme.

»Stihille Naaaacht, heilige Naaaacht! Alles schläääft, eiiiinsam waaaacht …«

Zweibeiner sind einfach Spitzenklasse darin, die Augen vor der Wahrheit zu verschließen. Als Hauskater bin ich ein echter Menschenkenner und kann ein Lied davon singen! Denn tatsächlich ist die Nacht momentan weder still, noch ist es in unserem Wohnzimmer einsam. Leider! Ich wünschte, es wäre so! Stattdessen herrscht ein ohrenbetäubender Lärm: Zwei Blockflöten spielen eher gegen- als miteinander und das Ganze wird noch gekrönt von einem furchtbar schrägen Gesang. Mir rollen sich die Schnurrhaare auf! Und das bei meinem empfindlichen Gehör! Das ist zu viel für einen edlen Rassekater wie mich. Ich springe vom Sofa, trolle mich in die Ecke und hoffe, dass die Menschen bald ein Einsehen haben und den Lärm einstellen werden.

Leider scheine ich aber der Einzige zu sein, dem auffällt, wie schrecklich das gerade klingt, denn mein menschlicher Mitbewohner, Professor Werner Hagedorn, sitzt mitsamt seinen Gästen auf unserem schönen Sofa und lauscht andächtig. Es scheint ihm also zu gefallen. Vielleicht hat er aber auch nur ein bisschen viel von diesem Getränk namens Glühwein getrunken – das sorgt bei Menschen nämlich ziemlich schnell für rote Wangen und eine getrübte Wahrnehmung.

Auch seine Mutter, Frau Hagedorn, sieht glücklich aus. Als die Blockflöten endlich ihr Getröte einstellen und auch die Sängerin verstummt, steht sie vom Sofa auf und klatscht in die Hände. »Charlotte, Constantin! Das habt ihr aber toll gemacht!« Das Mädchen und der Junge, die eben noch um die Wette geflötet haben, drehen sich zu ihr um und verbeugen sich artig. »Und du, Beate, singst ja wirklich ganz zauberhaft!«, säuselt sie weiter. »Glockenhell, meine Liebe, glockenhell!«

Okay, der Fall ist klar: Frau Hagedorn braucht ganz dringend ein Hörgerät. Anders ist ihre Begeisterung nicht zu erklären. Jedenfalls im Fall von Beate. Bei Charlotte und Constantin liegt die Sache etwas anders. Die beiden sind schließlich ihre Enkelkinder, und wie ich aus jahrelanger Erfahrung als Haustier weiß, finden Omas alles toll, was ihre Enkel so machen. Constantin ist der Sohn von Roland und Beate, also dem jüngeren Bruder von Werner und dessen zickiger Frau. Charlotte wiederum ist die Tochter von Werners älterer Schwester Simone, die Gott sei Dank nicht singt, dafür aber viel betet, weil sie doch Pastorin ist. Vielleicht könnte sie auch mal dafür beten, dass Beate nie wieder singt, wenn sie bei uns zu Besuch ist. Ach du liebes Katzenklo!

Aus gutem Grund haben also die einzigen musikalischen Menschen, die mit Werner und mir hier wohnen, Reißaus genommen: Werners Haushälterin Anna ist mit ihrer Mutter übers Wochenende verreist. Und ihre dreizehnjährige Tochter Kira, meine beste Freundin, hat sich zu ihrer Schulfreundin Pauli verzogen. Sehr schlau!

»Danke für dein Kompliment, liebe Schwiegermama!« Beate strahlt. »Und ich habe da noch ein Lied für euch vorbereitet. Also, wenn ihr wollt ...«

Ich schaue mich kurz um. Werners Mundwinkel zucken. Er ist dann offenbar doch nicht ganz so begeistert von Beates Sangeskünsten wie seine Mutter. Die aber klatscht noch einmal in die Hände und ruft: »Oh, wie schön! Da freue ich mich! Bitte sing doch weiter.«

Heilige Ölsardine! Noch ein Lied ertragen meine empfindlichen Öhrchen nicht. Da hilft nur noch eins: Flucht! Und zwar sofort!

Keine drei Sekunden später bin ich durch die Katzenklappe in den Hausflur geschlüpft. Mit halbem Ohr höre ich noch, wie Beate wieder anfängt, sehr laut und sehr schief ein Lied zu schmettern, das beim besten Willen keine weihnachtliche Stimmung aufkommen lässt. Das einzig Interessante daran ist, dass es von einem Fisch zu handeln scheint – ich meine, etwas von einer kleinen *Bachforelle* verstanden zu haben. Gut, das ist natürlich lecker, trotzdem bin ich froh, dem Familienfeier-Inferno entkommen zu sein. Ich denke, ich werde draußen nach meiner Katzenfreundin Odette suchen.

Odette ist eine wunderschöne weiße Katze, die fast den ganzen Tag an der frischen Luft im Hof unseres Hauses verbringt. Früher, als ich noch ein fauler Wohnungskater war, der sich niemals nach draußen wagte, hätte ich sie als Streunerin bezeichnet. Aber dann zog Kira mit ihrer Mutter Anna in Werners und meine Wohnung ein. Erst war ich alles andere als begeistert, mein Sofa mit einem Kind teilen zu müssen. Aber nach und nach haben Kira und ich uns angefreundet, und schließlich habe ich mit ihr die Welt außerhalb meiner eigenen vier Wände erkundet. Seitdem weiß ich, dass Odette keine Streunerin, sondern eine Abenteurerin ist! Damit ist sie die schönste Abenteurerin der Welt, und immer wenn ich Odette sehe, macht mein Herz einen Riesensprung. Noch dazu ist sie rasend schlau, und ich glaube, das finde ich fast am tollsten. Ich liebe intelligente Frauen!

Im Sommer sitzt Odette häufig mit den anderen beiden Hofkatzen Spike und Karamell auf dem Mülltonnen-Unterstand. Aber jetzt, im kalten Winter, haben die drei ein anderes Fleckchen für sich entdeckt: die Wand neben der Lüftungsklappe des Waschkellers! Dort ist es selbst bei Minusgraden auszuhalten, denn die Klappe liegt in einem windgeschützten Eckchen und aus dem Waschkeller strömt die ganze Zeit die angenehm warme Luft aus den Wäschetrocknern.

Tatsächlich hocken Odette, Spike und Karamell auch jetzt gerade in ihrem Winterquartier. Eng aneinandergekuschelt dösen sie vor sich hin. Trotz der kalten Dezemberluft sieht das sehr gemütlich aus!

Ich schleiche mich an die drei heran und begrüße sie mit einem lauten Maunzen. Sofort zucken sie zusammen und rappeln sich hoch.

»Hey, Kumpel!«, sagt Spike und rekelt sich träge. Er ist ein dicker getigerter Kater, meist sehr gemütlich, trotzdem nicht zu unterschätzen. »Was verschafft uns die Ehre an diesem kalten Wintertag? Ich dachte, bei euch wäre Party?«

»Woher weißt du das denn?«, fragte ich überrascht nach.

»War nicht zu übersehen. Genauer gesagt: War nicht zu überhören. Wenn diese gruselige Frau mit der schrillen Stimme und ihrer ganzen Bagage anrückt, dann wollen sie immer zu deinem armen Herrchen.« Er kichert. »Bin wirklich froh, dass meine menschliche Mitbewohnerin so wenig Wert auf Gesellschaft legt. Also, jedenfalls auf die von anderen Zweibeinern.«

Ich nicke. »Tja, was soll ich sagen – mir wäre es auch lieber, wir blieben von Beate verschont. Aber in der Weihnachtszeit führt leider kein Weg an ihr vorbei.« Ich seufze.

Spike mustert mich interessiert. »Was ist eigentlich dieses *Weihnachten*?«

Ich starre ihn an. »Du weißt nicht, was Weihnachten ist?«

»Nee, woher sollte ich?«

»Weil das einfach *jeder* weiß! Alle Menschen feiern doch Weihnachten, und jeder Kater oder jede Katze, die schon mehr als einen Sommer mit den Zweibeinern verbracht hat, *muss* einfach wissen, was Weihnachten ist.«

Spike legt den Kopf schief. »Ich lebe nun schon einige Jahre mit meinem Menschen zusammen und ich kenne Weihnachten nicht aus persönlicher Anschauung. Ich weiß nur, dass mein Frauchen Ramona immer wieder sagt, dass sie diesen ganzen Wahnsinn nicht mitmacht.«

Recht hat sie! Wahrscheinlich kennt sie Beate und hat Angst, dass die bei einem Weihnachtsfest vorbeikommen würde.

Karamell räuspert sich. »Okay, Spike. Dann will ich dir mal erklären, was Weihnachten ist. Ich habe auch ziemlich lange gebraucht, um herauszufinden, was es damit auf sich hat. Aber nun weiß ich es: Die Menschen feiern Weihnachten, weil es darum geht, in der dunklen Jahreszeit möglichst viele Kerzen in ihrer Wohnung und auch sonstwo anzuzünden. Deswegen gehen die Zweibeiner auch dazu über, Bäume in die Wohnung zu stellen und mit Kerzen auszustatten – gewissermaßen als riesiger Kerzenleuchter.«

Hä? Was ist das denn für ein Unsinn? Karamell hat wirklich überhaupt keine Ahnung! Aber das wundert mich nicht. Ich bin mir nicht sicher, ob der braune, sehr struppige Kollege schon jemals mit Menschen zusammengelebt hat. Ich glaube, er hängt tatsächlich immer nur mit Katzen rum. Woher will er also wissen, was Weihnachten ist?

»Karamell, ich korrigiere dich nur ungern«, sage ich also (obwohl das eigentlich nicht stimmt, denn im Grunde genommen freut es mich, dass ich ihm eins auswischen kann), »aber was du da über Weihnachten erzählst, ist Quatsch. Überleg doch mal – wenn Weihnachten vorbei ist, ist es in Hamburg immer noch ziemlich dunkel, aber niemand hat mehr einen Baum mit Kerzen in der Wohnung stehen. Die Weihnachtsbäume liegen doch dann alle auf der Straße, bis die Müllabfuhr sie irgendwann abholt.«

Spike und Odette kichern leise in ihren Pelz.

Karamell funkelt mich böse an. »War ja klar! Du bist natürlich wieder Mister Superschlau! Wenn du alles besser weißt, mein lieber Winston, dann erklär du uns doch mal, was Weihnachten ist.«

Ich räuspere mich und richte mich zu voller Höhe auf. So macht das Werner auch immer, wenn er zu Hause einen neuen Vortrag für die Universität einübt, und es sieht ungeheuer wichtig aus.

»Beim Weihnachtsfest geht es den Menschen vor allem um das Essen. Weil Winter ist, wächst ja nichts mehr auf den Feldern und an den Bäumen, und die Menschen befürchten eine schwere Hungersnot. Deswegen haben sie Weihnachten erfunden. Da essen sie bei jeder Gelegenheit so viel sie können und futtern sich sozusagen eine Notreserve an. Weihnachten ist also ein Überlebenstraining für Menschen – es erinnert sie daran, immer genug zu essen.«

Spike, Karamell und Odette starren mich an. Dann beginnt Odette zu röcheln und zu schnaufen und wirft sich schließlich zur Seite. Hm. Ein Schwächeanfall? Verursacht durch die unglaubliche Brillanz meiner Erklärung? Soll bei Frauen ja häufiger mal vorkommen, dass sie vor Begeisterung in Ohnmacht fallen. Etwa wenn sie auf einen Rockstar treffen. Oder einen berühmten Filmschauspieler. Oder eben, wenn ihnen jemand ganz toll erklärt, was an Weihnachten eigentlich gefeiert wird.

Odette ist also tatsächlich vor Begeisterung in Ohnmacht gefallen – ich, Winston Churchill, bin einfach ein Teufelskerl!

Von Weltrettern, Thunfischsoße und schlechten Menschen.

So langsam könnte sich Odette aber mal von ihrer Begeisterungsohnmacht erholen. Sie liegt immer noch zwischen Spike und Karamell, ihr Röcheln ist zu einem Japsen geworden – und wenn ich genauer hinhöre, meine ich fast, ein Lachen zu hören. Sehr rätselhaft!

»Winston«, bringt Odette nun mühsam hervor, »wie kann es denn sein, dass du ständig ans Essen denkst?«

»Moment mal, was hat das denn jetzt mit mir zu tun? Ich habe lediglich erklärt, warum die Menschen Weihnachten feiern.«

Odette rappelt sich wieder auf und legt den Kopf schief. »Du glaubst das also wirklich mit dem Überlebenstraining?«

Ich nicke. »Natürlich. Genau darum geht es an Weihnachten – möglichst viel zu essen!«

Odette seufzt. »Winston, wie lange lebst du jetzt schon mit Menschen zusammen?«, will sie dann von mir wissen. Und zwar in einem Tonfall, den ich wirklich hasse. Es ist nämlich eindeutig ihr *Frag-mich-doch-gleich-ich-weiß-es-sowieso-besser*-Tonfall.

Langsam dämmert mir, dass Odette nicht vor Begeisterung in Ohnmacht gefallen, sondern vor Lachen zusammengebrochen ist. Mist, Mist, MIST!

»Falls du damit sagen willst, dass ich mich nicht gut genug mit den Zweibeinern und ihren Sitten und Gebräuchen auskenne: Das ist Quatsch. Ich lebe schon immer mit Werner zusammen. Also, fast. Ich meine, Werner hat mich bei meinem Züchter abgeholt, als ich noch ganz klein war, und seitdem lebe ich bei ihm. Ein paar Jährchen sind da schon zusammengekommen – glaub mir also, ich weiß, wovon ich rede.« *Ganz im Gegensatz zu euch drei Streunern*, füge ich in Gedanken hinzu. Ich lasse mir doch von drei Katzen, die ihren ganzen Tag ohne Menschen in einem zugigen Hinterhof verbringen, nicht erklären, wie Zweibeiner so ticken und was für Feste sie feiern! Ich, der edle Winston Churchill, Menschenkenner par excellence! Ich, der ich gewissermaßen schon auf einem sonnigen Wohnzimmersofa geboren wurde! Ich, der ich bei einem echten Professor für Physik wohne! Pah!

»Also, ich mache es kurz«, fährt Odette in ihrem doofen Besserwisser-Tonfall fort, »an Weihnachten feiern die Menschen die Geburt des Heilands.«

Hä? Eine Geburtstagsparty? Nee, nee, das ist doch Unsinn. Bei einer Geburtstagsparty gibt es eine Sahnetorte mit Marzipan und vielen Kerzen drauf. Und die Menschen singen *Häppi Börsday* und nicht *Stille Nacht, heilige Nacht*. Und wer, bitte schön, ist überhaupt der Heiland?

»Odette, wenn Weihnachten eine Geburtstagsfeier wäre,

hätte ich das garantiert bemerkt«, erwidere ich bestimmt. »Damit kenne ich mich aus. Schließlich feiert Professor Hagedorn jedes Jahr seinen Geburtstag. Das ist völlig anders als an Weihnachten. Außerdem kenne ich gar niemanden namens Heiland. Und Werner bestimmt auch nicht. Uns hat schließlich noch nie jemand besucht, der so hieß. Warum also sollten wir seinen Geburtstag feiern?«

Karamell legt den Kopf schief. »Momentchen mal – ich glaube, ich habe schon mal von dem Typen gehört. Ist das nicht irgendwie so eine Art Superheld?«

»So ungefähr«, gibt ihm Odette recht, »der Heiland ist der Retter der Welt. Die Menschen glauben, dass er der Sohn Gottes ist. Und dass er an Weihnachten geboren wurde. Deswegen feiern sie Weihnachten.«

»Ach, den meinst du!«, platzt es jetzt aus Spike heraus. »Das ist doch dieser Kerl, den sie auch Jesus Christus nennen. Der hat Weihnachten Geburtstag?«

»Genau«, bestätigt Odette. »Das ist der wahre Grund für Weihnachten. Nicht das Licht, nicht das Essen, sondern die Geburt von Jesus Christus. Und das feiern alle Menschen.«

Ich muss leider zugeben, dass es bei mir gerade ein bisschen klingelt. Jesus. Von dem habe ich doch schon mal gehört. Werners Schwester Simone, die Pastorin, erzählt ab und zu von ihm. Scheint ein ganz guter Typ zu sein. Und irgendwie ihr Chef. Jedenfalls ist er für sie total wichtig.

»Nein, alle Menschen feiern das nicht«, widerspricht Spike Odette. »Ramona jedenfalls nicht. Und sie glaubt auch nicht an diese ganze Geschichte mit Jesus. Ehrlicherweise regt sie sich sogar ziemlich darüber auf. Neulich, da haben zwei Leute bei uns an der Tür geklingelt und wollten mit ihr über diesen Typen sprechen. Und über ein Buch namens Bibel, in dem das auch irgendwie alles drinsteht mit Gott und Jesus und so. Na, denen hat sie aber was erzählt! Dass das alles Humbug ist und es ihr völlig schnuppe ist, ob die Menschen zu Gott, Allah oder Buddha beten. Weil es die nämlich sowieso alle nicht gibt. Und dass die beiden nie, nie wieder bei ihr klingeln sollen. So war das.«

»Okay, okay, Spike – nicht alle Menschen glauben an Jesus«, beschwichtigt Odette ihn. »Aber die, die es tun – die feiern an Weihnachten seine Geburt. Und die singen dann auch Lieder und schenken sich Geschenke, weil sie sich so darüber freuen. Mit einer Hungersnot hat das rein gar nichts zu tun.« Nach einem kurzen Blick auf mich fügt sie hinzu: »Sorry, Winston, alter Wohnungskater. Du weißt wohl doch noch nicht alles über die Menschen.«

Spike und Karamell schütten sich aus vor Lachen, ich komme mir vor wie der letzte Depp. Sagte ich, dass ich intelligente Frauen liebe? Ich korrigiere mich: Intelligente Frauen sind die Pest.

Beate und ihre Bagage sind glücklicherweise schon gefahren, Simone und ihre Familie mitsamt Werners Mutter haben sich auch gerade verabschiedet – in unsere schöne

Wohnung ist endlich wieder Ruhe eingekehrt, als ich nach Hause komme.

Übellaunig schleiche ich in Richtung Wohnzimmer und beschließe, mich für den Rest des Tages nicht mehr vom Sofa zu rühren. Oder vielleicht für den Rest des Jahres nicht mehr? Oder gar nie mehr? Ob mir wohl jemand mein Fressen ins Wohnzimmer bringt, wenn ich das Sofa nicht mehr verlasse? Und wennschon, Fressen bedeutet mir sowieso nicht so viel. Also, fast nichts. Im Grunde genommen könnte ich tagelang ohne Nahrung auskommen. Ich habe keine Ahnung, warum Odette glaubt, ich würde immer nur ans Essen denken. Eine Gemeinheit ist das!

In Wirklichkeit bin ich meistens damit beschäftigt, mit meiner Freundin Kira irgendein mysteriöses Verbrechen aufzuklären. So haben wir zum Beispiel schon einer Tresorräuberbande das Handwerk gelegt. Und einen Kindesentführer dingfest gemacht. Und einmal haben Kira und ich … Oh! Was klappert denn da? Auf dem Weg zum Sofa komme ich an der halb geöffneten Küchentür vorbei und höre ein Geräusch, das verdächtig nach Tellern klingt, die abgeräumt werden.

Hm, ob da vielleicht noch etwas von dem leckeren Zeugs namens Vitello Irgendwas übrig ist, das eben noch auf dem Weihnachtsfeier-Büfett stand? Das hätte ich zu gern mal probiert, denn es roch schon ganz vorzüglich, als Werner mit seiner Einkaufstüte aus dem Feinkostladen kam. Leider war es die ganze Zeit in einem Schälchen verpackt, und dann hat Werner es sofort auf einem großen Teller angerichtet und auf den Esstisch gestellt. Da konnte ich natürlich nicht naschen, schließlich saß Werners Familie vollzählig um den Tisch. Aber vielleicht habe ich jetzt Glück und finde noch etwas davon in der Küche.

Ich trabe durch die Küchentür. Bestimmt gibt mir Werner etwas ab, wenn ich ihn ganz lieb angucke. Er ist da immer sehr großzügig – ganz im Gegensatz zu Babuschka oder Anna findet er auch nicht, dass sein Kater zu dick ist.

Aber die Beine, die vor der Spüle stehen, gehören nicht Werner – sondern Kira! Maunz, miau und juchhu! Meine Freundin ist endlich wieder da! Mit einem Satz bin ich auf der Arbeitsplatte neben ihr.

»Hoppla, Winston!«, begrüßt mich Kira. »Wo hast du denn gesteckt? Werners Nichten und Neffen haben dich schon vermisst! Als ich eben nach Hause kam, gab es gerade ein großes Geheul, weil sie so gern mit dir spielen wollten und dich nicht gefunden haben.«

Das glaube ich sofort! Insbesondere die kleinen Rotzgören von der blöden Beate sind die reinsten Katzenquäler und waren bestimmt enttäuscht, dass ihr Lieblingsopfer – nämlich ich! – so schnell geflüchtet ist. Ich reibe an Kiras Arm entlang und beginne zu schnurren.

Sie lacht. »Okay, Kumpel – was willst du?« Sie streichelt mir über den Kopf. »Nein, sag nichts. Ich kann nämlich fast schon wieder deine Gedanken lesen.« Kira nimmt einen der Teller, die sie schon neben die Spüle gestellt hatte, und hält ihn mir vor die Nase. »Ist es das, wonach du suchst?«

Ich schnuppere kurz. Fantastisch – Kira hat tatsächlich

das Vitello-Dings erwischt! Ich mache einen kleinen Schritt nach vorn und beginne, den Teller abzuschlecken. Köstlich! Es schmeckt ein bisschen nach Fisch und zartem Fleisch, mit anderen Worten: so, als habe man es nur für mich gekocht!

Kira lacht. »Das schmeckt dir aber, mein Süßer! Kein Wunder! Vitello Tonnato ist Kalbfleisch mit Thunfischsoße, also genau dein Beuteschema. Da hast du echt Glück gehabt, dass die Gäste davon noch etwas übrig gelassen haben.«

Ich schnurre und schlecke den Teller blitzblank. Ob da irgendwo noch eine zweite Portion auf mich wartet? Neugierig luge ich über den Rand der Spüle. Aber leider: nichts! Von Schnurren gehe ich über zu Maunzen. Und zwar kläglich. Ich will mehr!

Kira zuckt bedauernd mit den Schultern. »Tut mir leid, Winston! Nichts mehr da!«

Ich hüpfe von der Arbeitsplatte und laufe in der Küche herum. Irgendwo muss hier doch noch etwas von dem köstlichen Büfett zu finden sein! Mit der Nase dicht über dem Boden schnuppere ich in jeder Ecke und jedem Winkel nach Essensresten.

Kira beobachtet mich amüsiert. »Winston, du siehst gerade aus wie ein Hund! Kann es sein, dass du ein ganz kleines bisschen verfressen bist?«

Sofort höre ich auf zu schnüffeln und setze mich auf meinen Po. Erst Odette, jetzt Kira! Was ist denn heute mit meinen beiden Lieblingsfrauen los?

Kira kniet sich vor mich hin und krault mich hinter den Ohren. Im Gegensatz zu Odette scheint sie zu wissen, dass sie mich gerade schwer beleidigt hat. »Mein Süßer, das war nicht böse gemeint. Aber in letzter Zeit mache ich mir schon Gedanken um dein Fressverhalten. Vor allem, weil ich gerade eine ganz schlimme Geschichte gehört habe, die ich dir unbedingt erzählen muss!«

Eine schlimme Geschichte, die mit Futter zu tun hat? Das kann nur bedeuten, dass eine Hungersnot bevorsteht! Ich hab's doch gewusst! In Wirklichkeit hatte ich nämlich doch recht – Weihnachten ist dazu da, um sich ordentlich Speck anzufressen!

Kira nimmt mich auf den Arm und schaut mir sehr ernst in die Augen. »Winston, ich habe erfahren, dass bei uns im Viertel ein Katzenhasser giftige Köder auslegt. Sie sehen aus wie sehr leckere Leberwursthappen oder Ölsardinen. Aber die Katzen und auch Hunde, die sie gefressen haben, sind fast daran gestorben. Die Köder wurden nämlich mit Rattengift präpariert. Stell dir das mal vor! Frau Bönnigstedt vom Schulkiosk hat es mir erzählt – ihre arme Katze Musch war in der Tierklinik und hätte es um ein Haar nicht überlebt. Also sei bloß vorsichtig und warne auch deine Freunde! Fresst nichts, was ihr findet oder was euch von Unbekannten angeboten wird, und sei es noch so lecker! Das ist lebensgefährlich!«

Lebensgefährlich? Vergiftete Köder? Gleich hier in unserer Nachbarschaft? Grundgütiger Katzengott – das ist ja furchtbar! Für alle Katzen hier in der Hochallee sind das extrem schlechte Nachrichten. Selbst ich habe schon den ein oder anderen Leckerbissen auf der Straße gefunden. Nicht auszudenken, was da hätte passieren können! Aber es gibt einen ganz bestimmten Kater, den ich sofort warnen muss: Spike! Und zwar auf der Stelle!

»Also, mein Lieber, nichts Fremdes fressen, verstanden?«, sagt Kira noch einmal. Sie sieht wirklich besorgt aus. »Lieber mache ich dir jetzt noch schnell ein bisschen Geflügelleber, okay?«

Na gut, vielleicht kann die Warnung an Spike auch noch bis morgen warten. Heute Nacht liegt der bestimmt irgendwo faul rum und pennt. Aber morgen wird das meine erste Tat: Runter in den Hof und allen von den schrecklichen Neuigkeiten berichten!

Obwohl ich nach Kiras vorzüglichem Geflügellebermahl den restlichen Abend ganz faul auf dem Sofa verbringe und mich von meiner Freundin und Werner abwechselnd kraulen lasse, schlafe ich heute Nacht sehr schlecht. Ich träume von Bergen voller vergifteter Ölsardinen. Untermalt werden die gruseligen Bilder von einem schaurigen Blockflötenkonzert. Unruhig wälze ich mich in meinem Körbchen hin und her, fantasiere, dass ich auch einen Köder gefressen habe und mich nun schlimme Bauchschmerzen plagen. Unglaublich, die Schmerzen sind täuschend echt. Nun beginnt mein Magen sogar, sich in Krämpfen zusammenzuziehen – ein Gefühl, als ob Tausende kleine Nadeln mich in den Bauch stechen würden, breitet sich aus. Ich schlage gequält die Augen auf und versuche, mich aus diesem Albtraum zu befreien. Trotzdem hören die Schmerzen nicht auf. Ich schüttle mich, horche dann in mich hinein: Tatsache. Das ist gar kein Traum. Ich habe wirklich entsetzliche Bauchschmerzen!

Von Bettdecken und Wärmflaschen. Und Kindern, die im Garten wachsen.

Kira schläft nicht so gern im Dunkeln, deswegen lässt sie ihre Zimmertür immer einen Spalt offen stehen. Ich schleiche mich hindurch und kämpfe mich zu ihrem Bett vor – für einen Sprung hinauf bin ich zu schwach. In meinem Bauch brodelt es mittlerweile wie in einem Kochtopf mit Suppe, den man auf dem Herd vergessen hat.

Ich miaue kläglich und hoffe, dass Kira davon geweckt wird. Wenn hier jemand erkennt, dass ich von einem bösen Verbrecher vergiftet wurde, dann Kira. Schließlich weiß meine Freundin, dass in der Gegend ein Unhold unterwegs ist, der Samtpfoten nach dem Leben trachtet. Noch allerdings schläft Kira so tief und fest, dass sie nicht hört, wie ihr Kumpel Winston leidet. Ich miaue lauter – immer noch keine Reaktion. Oje, oh weh! Was mache ich nur? Ich brauche ganz dringend jemanden, der mein schmerzendes Bäuchlein massiert und dieser jemand soll Kira sein!

Vielleicht schaffe ich es doch hoch aufs Bett? Ich setze mich auf und gucke nach oben. Hm. Unter normalen Umständen kein Problem, aber in meiner derzeitigen Verfassung … ausgeschlossen! Da kommt mir eine andere Idee, die mit einer Besonderheit der Zweibeiner zu tun hat. Sie haben nämlich kein Fell. Und einer der vielen Nachteile, die es mit sich bringt, wenn man kein Fell hat, ist: Man friert ohne Bettdecke. Und dann werden Menschen meist wach. Das weiß ich deshalb so genau, weil Werner es hasst, wenn ich mich gaaaanz ausnahmsweise mal zu ihm geselle, wenn er auf dem Sofa liegt und schläft. Falls ich dann nämlich zufälligerweise seine Kuscheldecke hochschiebe, um mich an die besonders gemütliche Stelle zu seinen Füßen zu platzieren, wacht er meist nach kurzer Zeit auf und schimpft mit mir. Weil er kalte Füße bekommen hat. Tja, so empfindlich sind Menschen. Überhaupt würden Menschen in vielerlei Hinsicht keine zwei Tage in freier Wildbahn überleben. Aber das ist ein anderes Thema.

Entscheidend ist jetzt meine Idee: Ich lange mit meiner Tatze und ausgefahrenen Krallen an den Zipfel der Bettdecke, der über den Rand des Bettes lugt, und ziehe ihn vorsichtig zu mir herunter. Erst langsam, dann immer schneller, rutscht die Decke an mir vorbei und liegt schließlich vollständig auf dem Boden. Geschafft! Nun heißt es abwarten.

Lange muss ich mich allerdings nicht gedulden, denn bevor ich noch bis zehn zählen kann (und glaubt mir, das kann ich!), höre ich Kira schon seufzen. Unruhig wälzt sie sich im Bett hin und her, um sich kurz darauf aufzusetzen und ihre Nachttischlampe anzuknipsen. Sie sieht sich kurz um, dann hat sie mich entdeckt.

»Winston, hast du mir etwa die Decke geklaut? Was soll das? Es ist Dezember, mir ist kalt!«

Selbst schuld! Warum trägst du auch kein Fell?, würde ich ihr am liebsten antworten. Aber weil ich nicht sprechen kann und mich meine vorhandenen Bauchschmerzen im Moment wesentlich mehr stören als Kiras fehlendes Fell, beschränke ich mich auf ein sehr klägliches Maunzen.

Sofort springt Kira aus dem Bett und kniet sich neben mich. »Oh, du Armer! Was ist denn los mit dir? Du klingst ja richtig jämmerlich!«

Mein Maunzen geht in ein Wimmern über, ich lasse mich auf die Seite fallen und rolle mich unter Schmerzen hin und her. Vorsichtig streicht mir Kira mit einer Hand über den Rücken, mit der anderen über mein Bäuchlein. Aua! Ich zucke zusammen und höre auf, herumzurollen. Ganz behutsam nimmt mich Kira nun auf den Arm, steht auf und legt mich in ihr Bett.

»Du gefällst mir gar nicht, Winston! Dein Bauch ist ganz hart! Was hast du denn bloß?«

Tja, wenn ich das wüsste! Ich kann nur hoffen, dass ich nicht von dem bösen Katzenhasser vergiftet worden bin und hier gerade meine letzte Katerstunde anbricht. Zwar kann ich mich nicht daran erinnern, in letzter Zeit etwas gefressen zu haben, was auf der Straße herumlag – aber ausschließen will ich es auch nicht. Wenn es um leckeres Essen geht, bin ich leider ziemlich willenlos! Durchaus denkbar, dass ich im Vorbeistromern den ein oder anderen Leckerbissen aufgeschnappt habe.

Ich hebe mein Köpfchen und versuche, Kira direkt in die Augen zu blicken, in der Hoffnung, dass sie versteht, wie elend ich mich gerade fühle. Meistens funktioniert diese Art von Gedankenübertragung zwischen Kira und mir ganz hervorragend. Das liegt wahrscheinlich daran, dass wir einmal aus Versehen die Körper getauscht haben und in dieser Zeit gegenseitig unsere Gedanken lesen konnten. Klingt verrückt, ist aber wahr, und seit dieser Zeit sind Kira und ich uns immer noch so nah, dass wir schnell wissen, was den anderen gerade beschäftigt.

»Bist du etwa vergiftet worden? Von dem Katzenhasser?«

Na, was sage ich? Funktioniert doch großartig mit Kira und mir! Sie streicht mir sanft über den Kopf. Bestimmt hat sie nun eine tolle Idee, wie sie mir ganz schnell helfen kann.

»Also, wenn es dir so schlecht geht, dann müssen wir sofort zum Tierarzt fahren. Oder um diese Uhrzeit wohl besser in die Tierklinik. Vielleicht können die dir den Magen auspumpen oder so was in der Richtung. Mama ist ja noch bei Tante Olga in Köln, ich wecke also Werner. Ich muss mir nur schnell etwas anziehen.«

Halt, stopp! WAS?? *Tierklinik? Magen auspumpen?* Ich dachte eher an Bäuchlein massieren und Kuscheln unter Kiras Bettdecke, bis es mir wieder besser geht! Vor Schreck höre ich auf zu wimmern und drücke mich ganz eng an Kira.

»Ach so? Ganz so schlimm ist es doch nicht? Nicht mit dem Rettungswagen ins Krankenhaus?« Nun muss Kira grinsen, das kann ich selbst im schummerigen Licht der Flurbeleuchtung sehen. Es fällt mir zwar schwer, aber ich zwinge mich zu einem Schnurren, damit Kira weiß, dass sie auf der richtigen Spur ist. Sie streichelt mir über den Kopf, dann steht sie vom Bett auf.

»Also, wenn es nicht die Not-Operation sein soll, dann mache ich dir wenigstens mal eine Wärmflasche und du kannst bei mir im Bett übernachten. Und wenn es dir morgen nicht besser geht, ist bestimmt immer noch genug Zeit, um zum Tierarzt zu fahren. Was meinst du?«

Schnurr, schnurr, SCHNURR! Genau so ist es, meine Liebe! Und nun hol schon meine Wärmflasche!

»Bitte, Beate, nun beruhige dich mal. Niemand wollte dich vergiften, das ist doch Unsinn!«

Heilige Ölsardine! Was ist das nur für ein Tumult so früh am Morgen vor Kiras Zimmertür? Eigentlich brauche ich ganz dringend meine Ruhe, denn ich habe trotz Wärmflasche und Bäuchleinkraulen kaum ein Auge zugetan. Selbst Kira ist eben ganz leise aus dem Zimmer geschlichen, um mich weiterschlafen zu lassen, als sie sich für die Schule fertig gemacht hat. Wieso also herrscht nun so ein Lärm?

Ich linse zum Nachttisch rüber, auf dem ein Wecker steht. Seit meinem Körpertausch mit Kira bin ich nämlich die wahrscheinlich einzige Katze auf der Welt, die zuverlässig die Uhr und auch sonst allen Menschenkram lesen kann. 11:30 Uhr. Na gut. Halb zwölf ist nicht ganz so früh, wie ich dachte. Aber trotzdem! Ich rapple mich hoch und stelle erleichtert fest, dass ich keine Bauchschmerzen mehr habe. Vor der Tür geht der Lärm munter weiter.

»Also wirklich, Beate, Anna ist nicht meine Putzfrau! Sie ist meine Haushälterin. Doch, natürlich macht das einen Unterschied.«

Ich hüpfe vom Bett und schaue neugierig aus Kiras Zimmer heraus. Werner läuft mit dem schnurlosen Telefon im Flur auf und ab und spricht offensichtlich mit der schrecklichen Beate. Das heißt, gerade spricht Beate, denn Werner guckt nur angestrengt und hält den Hörer ein Stück von seinem Ohr weg, weil die Stimme am anderen Ende der Leitung wirklich sehr laut ist. Sogar so laut, dass ich einzelne Sätze verstehen kann.

»Nenn diese Frau, wie du willst, Werner – ich sage dir, sie hätte um ein Haar unsere Familie auf dem Gewissen gehabt. Wir haben heute Nacht alle so schlimme Bauchschmerzen bekommen, dass wir fast ins Krankenhaus gefahren wären. Wenn du mich fragst: Wir wurden vergiftet!«

Was? Mit einem Schlag bin ich hellwach. Auch Beates Familie ging es heute Nacht so schlecht? Am liebsten würde ich Werner nun das Telefon entwenden und Beate erzählen, dass ich das gleiche Problem hatte. Aber das ist natürlich Unsinn, weil ich gar nicht sprechen und deswegen erst recht nicht telefonieren kann.

Werner holt tief Luft. Er versucht offenbar, ruhig zu bleiben. »Ich frage dich aber nicht, Beate. Und wie ich schon sagte – das ist doch totaler Quatsch! Warum sollte Anna dich vergiften wollen?«

»Weil sie mich nicht mag. Und sie mag mich nicht, weil ich sie durchschaut habe.«

Jetzt muss Werner lachen. »Du hast was? Sie durchschaut? Das ist nun wirklich albern, Beate.«

»Schön, dass du noch lachen kannst, Werner. Aber ich sage dir: Diese Frau will sich mitsamt ihrem Gör und ihrer Mutter bei dir ins gemachte Nest setzen und du merkst es nicht!«

In welches Nest? Ich bin verwirrt. In Nestern wohnen doch nur Vögel. Da bin ich als Kater Experte. Also, nicht dass ich selbst schon mal einen gefiederten Freund aus seinem Häuschen geklaubt hätte, um ihn … äh … igitt! Aber ich weiß, dass andere Katzen das so machen. Selbst der dicke Spike hat sich schon einmal an der Regenrinne langgehangelt und ein Nest geplündert. Mittagessen mit Federn – bäh! Ich mag gar nicht daran denken! Wozu habe ich schließlich einen Fressnapf, in den man die tollsten Sachen von Leberpastete bis Ölsardine hineinfüllen kann? Aber davon mal ganz abgesehen, wohnen Anna, Kira und Babuschka bei uns natürlich nicht in Nestern, sondern in ihren Zimmern. Der durchschnittliche Mensch passt in so ein Nest doch auch gar nicht rein! Beate redet also blanken Unfug!

Das scheint auch Werner so zu sehen, denn nun schnappt er regelrecht nach Luft und wird für seine Verhältnisse ziemlich laut. »Beate, ich verbiete dir, so über Anna zu sprechen! Und abgesehen von den Unverschämtheiten, die du hier von dir gibst: Anna ist seit letzten Donnerstag verreist. Falls also mit dem Essen tatsächlich etwas nicht in Ordnung war, hat sie damit garantiert nichts zu tun.«

Beates Antwort darauf fällt schon deutlich leiser aus, denn ich kann sie nun nicht mehr hören.

»Nein, ich habe es natürlich nicht selbst zubereitet. Wie du ja weißt, bin ich Professor für Physik, kein Koch. Das Büfett wurde von Sandro geliefert. Er betreibt einen ausgezeichneten Feinkostladen mit Partyservice direkt hier um die Ecke. Ich kenne ihn seit Jahren, Sandros Essen ist immer Spitzenklasse. Wo auch immer ihr euch also den Magen verdorben habt, bei mir war es garantiert nicht. Und jetzt entschuldige mich, ich habe noch zu tun.«

Klick. Er legt auf. Dann sieht er mich im Türrahmen hocken, kommt auf mich zu und krault mich hinter den Ohren. »Guten Morgen, Winston! Das war die unerträgliche Beate! Der habe ich es aber gegeben. Lebensmittelvergiftung – dass ich nicht lache! Mal ehrlich: Wahrscheinlich haben ihre Gören irgendeinen Magen-Darm-Virus aus dem Kindergarten angeschleppt. Das jetzt der armen Anna anzuhängen – einfach lächerlich!«

Ich maunze laut, denn natürlich hat Werner völlig recht. Eine Frechheit sondergleichen! Was ein Magen-Darm-Virus ist und wieso man den einfach so aus einem Kindergarten mitbringen kann, ist mir zwar nicht so ganz klar, aber zu all den Gemeinheiten, die mir diese Kinder schon angetan haben, passt dieses Virus-Dings ziemlich gut. An meinem Unglück war also kein ölsardinenvergiftender Katzenhasser, sondern die Blockflötenbande schuld. Und der Kindergarten.

In diesem Zusammenhang frage ich mich übrigens, was genau ein Kindergarten ist. Kommen da die Menschenkinder her? Werden die also gar nicht geboren, sondern wachsen eher im Hochbeet? Oder im Gewächshaus? Sehr interessante Frage! Ich gebe zu, dass ich noch nie darüber nachgedacht habe, wie das mit dem menschlichen Nachwuchs funktioniert. Ob Werner wohl auch noch ein Kind bekommen könnte, wenn er sich vertrauensvoll an die nächste Gärtnerei wendet?

Ich versuche mir gerade vorzustellen, wie Werner mit so einem kleinen Menschenkind nach Hause kommt. Meines Wissens schreien die recht viel und stinken ab und zu entsetzlich. Ich bin mir nicht sicher, ob Werner wüsste, was er dann zu tun hätte. Aber Gott sei Dank wohnen ja mit Anna und Babuschka zwei erfahrene Mütter bei uns, die ihm bestimmt helfen würden. Vielleicht kann man aber im Kindergarten auch einfach ein größeres Kind mitnehmen. Eines, das schon ein bisschen mehr kann als schreien und stinken. Im Idealfall sogar schon richtig gut Blockflöte spielen. Oder gar aus dem Blockflötenalter heraus ist. Eben so eines wie meine liebste Kira! Andererseits – so toll wie Kira ist mit Sicherheit kein zweites Kind, wir brauchen also kein weiteres mehr.

Werner sagt auch nichts mehr zu diesem Thema, sondern legt das Telefon fröhlich pfeifend wieder auf die Ladestation im Flur. Dann geht er zur Garderobe und zieht sich eine Jacke an. Wahrscheinlich muss er nun zur Universität, um eine seiner Vorlesungen zu halten.

»So, Winston, die Pflicht ruft! Mach dir einen schönen Tag. Anna müsste auch gleich wiederkommen, und wie ich sie kenne, hat sie dir bestimmt ein kleines Leckerli aus Köln mitgebracht. Bis später!«

Hm, Leckerli klingt ausgezeichnet! Bei dem Wort *Pflicht* fällt mir allerdings ein, dass ich selbst auch noch etwas Dringendes zu erledigen habe. Ich muss schließlich immer noch Spike vor dem Katzenhasser warnen! Kumpel, ich eile zu deiner Rettung!

Von Fressnäpfen und Püschellogen. Und italienischen Freunden.

»Vergiftetes Fressen?« Spike ist entsetzt und auch Karamell und Odette machen große Augen.

»Ja. Extra ausgelegt, um uns in die Falle zu locken. Von einem Katzenhasser!«, erkläre ich.

»So etwas Böses machen Menschen?«, hakt Karamell noch einmal nach.

Odettes Schwanz schlägt unruhig hin und her. »Das ist ja furchtbar! Ich meine, mir ist schon klar, dass uns nicht alle Menschen lieben – aber uns gleich so an den Pelz zu wollen?«

»Ja, eigentlich unvorstellbar«, stimme ich ihr zu. »Aber umso wichtiger ist, dass wir ab sofort nichts mehr fressen, was wir auf der Straße finden.«

»Mache ich sowieso nicht. Ich fresse nur, was ich selbst erjagt habe. Ist doch auch viel leckerer, oder, Jungs?«

Betretenes Schweigen bei Spike und Karamell. Ersterer räuspert sich schließlich. »Ähem, ja … klar! Jagen ist hin und wieder auch gut, aber … na ja … es ist halt auch ziemlich anstrengend. Und diese Mäuse sind schon verdammt schnell, finde ich. Und wenn da so ein leckerer Happen direkt vor meiner Nase auftaucht … also, ich bin froh, dass Winston uns warnt.«

Wenn ich grinsen könnte, würde ich es tun. Die Vorstellung, wie der fette Spike hinter so einem wendigen, pfeilschnellen Mäuschen herhechelt, ist einfach zu komisch. Wobei ich ihm inhaltlich recht gebe – für mich ist die Jagd auch nichts. Da ich aber das Gefühl habe, dass das bei Odette gar nicht gut ankommt, sage ich dazu nichts.

Karamell scheint das egal zu sein, er wagt sich aus der Deckung. »Nein, Odette, ich bin auch kein großer Jäger. Und ich finde nicht, dass die Beute irgendwie besser schmeckt. Meistens bin ich völlig glücklich mit dem, was mir meine Menschen in den Napf füllen.«

Interessant! Karamell wohnt also doch mit Menschen zusammen! Allerdings frage ich mich, wer seine arme Katze so struppig durch die Gegend rennen lässt. Anna hätte mir schon längst eine Komplettwäsche mit Pelzveredelung verpasst, wenn ich so schlimm aussähe wie Karamell.

»Pffffrrrrr!« Odette faucht verächtlich. *»Fressnapf!* Wenn ich das schon höre! Aber dann fresst doch einfach, was ihr wollt, Jungs. Müsst ihr eben in Zukunft nur aufpassen, dass euch der Katzenkiller nicht erwischt.« Spricht's und verschwindet in Richtung Hofausgang.

»Nanu?«, wundert sich Karamell. »Was ist denn auf einmal mit der los?«

Auch ich schaue ihr erstaunt hinterher. So viel Zickigkeit passt gar nicht zu Odette.

Spike schüttelt den Kopf. »Sagt, was ihr wollt – irgendwas stimmt bei Odette nicht.«

»Wie meinst du denn das?«, will ich von ihm wissen.

»Na, habt ihr schon mal gehört, dass Odette von zu Hause erzählt? *Irgendetwas?* Über den Zweibeiner, bei dem sie lebt? Man muss zwar nicht gleich so ein Menschenversteher wie du werden, Winston, aber so ganz ohne ein Zuhause ist auch ein Katzenleben ziemlich ungemütlich.«

Menschenversteher? Der spinnt ja wohl! Das klingt fast so, als sei ich ein Weichei und würde immer nach Werners Pfeife tanzen. Was völliger Quatsch ist, denn in Wirklichkeit bin ich doch der heimliche Chef bei uns. Na gut. Vielleicht ist das auch eher Babuschka. Aber mit dem Rest liegt Karamell nicht so falsch: Erstens wäre das Leben ohne Zweibeiner nicht besonders kuschelig und zweitens erzählt Odette tatsächlich nie etwas von zu Hause.

»Hm, stimmt, über Odettes Menschen wissen wir eigentlich nichts«, bestätige ich also. »Aber wie kommst du da gerade jetzt drauf?«

Spike legt den Kopf schief. »Na, das liegt doch auf der Hand: Karamell und ich erzählen, dass wir von unseren Dosenöffnern ziemlich gut verpflegt werden – und Odette haut ab. Ist doch komisch, oder? Als ob das ein Thema wäre, mit dem sie gar nicht gut klarkommt.«

Karamell seufzt. »Spike, man merkt, dass du mit einem Püschellogen zusammenlebst. Oder, im Fall von Ramona, mit einer Püschellogin.«

Püschel*was*? Verwirrt blicke ich zwischen Spike und Karamell hin und her. Spike gibt ein meckerndes Geräusch von sich, das wohl ein Kichern sein soll.

»Das stimmt, Karamell. Meiner Ramona macht so schnell keiner was vor!«

Aha. Diese Ramona ist also Püschellogin. Was in aller Welt ist das? Ob das von *puschelig* kommt? Und dann so etwa das Gleiche wie *kuschelig* ist? Eine Püschellogin wäre demnach eine besonders kuschelige Frau, was mich offen gestanden ein bisschen überrascht, weil alles, was Spike bisher über Ramona erzählt hat, sehr unkuschelig klingt. Eher kratzbürstig. Die armen Menschen beispielsweise, die morgens mit Ramona über die Bibel sprechen wollten, hat sie anscheinend ganz schön auflaufen lassen. Na ja, vielleicht verstehen Menschen unter kuschelig in dieser Beziehung auch einfach etwas ganz anderes als …

»Winston?« Spike reißt mich aus meinen Gedanken.

»Äh … ja?«

»Du wirkst so geistesabwesend. Langweilen wir dich?«

»Gar nicht. Ich finde nur, dass Ramona für eine Püschellogin bemerkenswert unkuschelig wirkt. Also, nach allem, was ich so über sie weiß.«

Die Augen von Spike werden groß und größer. »Wie bitte? Kuschelig? Ramona? Wie kommst du drauf?«

»Na, wegen Püschellogin. Das ist doch wahrscheinlich ein besonders puscheliger Zeitgenosse, oder?«

Spike schnauft, wirft sich auf den Boden und rollt dort ausgiebigst herum. Ich werde den Eindruck nicht los, dass er sich über mich lustig macht.

»Kollege, ich frage mich wirklich, warum du dich hier ständig als Experten in Sachen Zweibeiner verkaufst«, prustet er schließlich. »Du hast doch gar keine Ahnung!«

Auch Karamell scheint sich königlich zu amüsieren. »Winston, ein Püschelloge ist ein Mensch, der sich besonders gut mit anderen Menschen auskennt. Er sieht sich an, was sie so sagen und wie sie sich verhalten – und dann weiß er ziemlich genau, was sie wirklich denken. Oder wie sie sich gerade fühlen.«

Heilige Ölsardine! Das klingt aber spannend!

»Und wieso heißt das dann so?«, will ich wissen.

Karamell legt den Kopf schief. »Das weiß ich doch nicht. Aber es ist so: Ein Püschelloge kann gewissermaßen Gedanken lesen.«

»Wahnsinn!«, rufe ich begeistert. »Und das kann diese Ramona auch?«

Karamell und Spike nicken beide andächtig.

»Genau. Sie hat das nämlich studiert. Püschellogie«, erklärt Spike mit wichtiger Miene. »An der *Universität*. Und an ihrer Wand im Arbeitszimmer hängt deswegen ein riesiger Zettel. Da steht drauf, dass sie anderen Menschen in den Kopf gucken kann. Das ist ihr *Diplom*.«

Gut. Damit beeindruckt man einen Winston Churchill natürlich nicht. Denn als Professorenkater weiß ich, dass ein Professorentitel viel wertvoller ist als ein Diplom, und wahrscheinlich hat Werner irgendwo so einen Zettel rumfliegen, der noch *viel* größer als der Zettel von Ramona ist. Aber die Sache mit dem Kopf ist natürlich nicht schlecht.

Das würde ich auch gern können. Zu schön waren die Zeiten, als Kira und ich noch unsere Gedanken lesen konnten! Und dass Menschen so etwas studieren können – toll!

Ein bisschen neidisch bin ich tatsächlich, dass ein Teil von Ramonas Fähigkeiten anscheinend auf den dicken Spike abgefärbt hat. Immerhin hat er gleich erkannt, dass Odette ein Problem damit hat, wenn wir über Fressnäpfe diskutieren und darüber, wie diese von Menschen gefüllt werden. Wenn ich recht darüber nachdenke, weiß ich eigentlich viel zu wenig über Odette. Was schlecht ist, weil sie für mich doch die mit Abstand tollste Katze der Welt ist. Ich nehme mir vor, Odette in Zukunft aufmerksamer zu beobachten. Also, *noch* aufmerksamer. Falls das überhaupt noch möglich ist. Vielleicht erfahre ich dann, was genau ihr Problem mit Fressnäpfen ist. Oder mit Zweibeinern.

Bevor ich wieder nach Hause trabe, beschließe ich, Odette zu suchen. Weit kann sie noch nicht sein. Irgendwie habe ich das Gefühl, dass sie vielleicht traurig ist. Also, ich bin natürlich kein Püschelloge, aber mein Herz sagt mir, dass es so ist.

Im Torbogen zur Straße setze ich mich kurz hin, um mich nach Odette umzuschauen. Der Schnee auf dem Gehweg knirscht, als ich mit meinem Hinterteil eine kleine Kuhle hineindrücke. Brrr, ist das kalt am Po! Ich bin eindeutig mehr für den Sommer als für den Winter zu haben und finde, dass Schnee eigentlich eine echte Zumutung ist. Ich kann auch die übertriebene Freude, die bei Kira und ihren Freunden Tom und Pauli immer ausbricht, sobald die erste Schneeflocke fällt, überhaupt nicht nachvollziehen. Anscheinend haben die Menschen keine Vorstellung davon, wie kalt Schnee an meinen empfindlichen Samtpfoten ist!

Schade, Odette ist weder links noch rechts die Straße hinunter zu sehen. Dann muss ich wohl oder übel doch durch den Schnee stromern. Aber was tut ein Kater nicht alles, wenn es seiner Herzdame schlecht geht? Todesmutig setze ich eine Tatze vor die andere. Maauuuunz, es ist wirklich fürchterlich! Egal, da muss ich wohl durch.

Nach ein paar Metern sind meine Pfoten so taubgefroren, dass ich sie gar nicht mehr spüre. Also hopple ich ziemlich steif weiter durch den Schnee und überquere die Kreuzung zu der kleinen Querstraße hinter dem nächsten Häuserblock. Ich weiß, dass Odette hier gern mal in den Hinterhöfen umherstreift. Sie findet es nämlich langweilig, immer nur in unserem Innenhof herumzuhocken. Vielleicht habe ich ja Glück!

Nein. Keine Spur von Odette. Dafür entdecke ich aber jemand anderen, den ich gut kenne: Werner! Er lehnt an einer Hauswand und ist mit einem Mann, den ich auch schon einmal gesehen habe, ins Gespräch vertieft. Ich denke kurz nach. Genau! Es ist der Mensch, der das Büfett für unsere Familienfeier am Wochenende geliefert hat. Das muss also dieser Sandro sein! Interessant! Ich habe schon häufiger von ihm gehört, weil Werner fast immer, wenn uns Anna oder Babuschka nicht bekochen, dort etwas zu essen besorgt oder sogar gleich dort isst.

Während Werner wild gestikulierend auf Sandro einredet, steht dieser nur stumm da und zieht ab und zu an seiner Zigarette. Ich überquere die Straße und laufe zu den beiden Männern. Dort angekommen, stelle ich fest, dass sie wirklich neben dem Eingang eines Lebensmittelgeschäfts stehen. Es duftet jedenfalls ganz hervorragend, als sich die Tür öffnet und eine Kundin den Laden verlässt. Maunz, lecker! Da könnte ich sofort hineinspazieren!

»Mensch, Winston, alter Freund!« Werner hat mich entdeckt, stellt für einen kurzen Moment das Fuchteln ein und beugt sich zu mir herunter. »Was machst du denn hier?«

Ich maunze laut und lege meine Pfote auf sein Knie. Es wäre mir angesichts der daran befindlichen Eisklumpen nicht unlieb, wenn mich Werner auf den Arm nehmen würde. Nennt mich eine Mimose, aber die Nummer mit dem Winter ist nichts für mich!

Offensichtlich habe ich sehr flehentlich geguckt, denn tatsächlich schiebt Werner nun seine Hände unter mich und hebt mich hoch. »Darf ich vorstellen: Winston, Sandro. Sandro, Winston!«

Der Mann, der deutlich kleiner ist als Werner und ziemlich kurze schwarze Haare hat, lächelt mich an.

»*Ciao, gatto nero!* Winston, ich bin sährrr erfreut, deine Bekanntschaft zu maken.«

Miau! *Gatto nero?* Soll das etwa schwarzer Kater heißen? Und ist das wohl Italienisch? Wahrscheinlich. Dieser Sandro hat nämlich genau den gleichen Akzent wie der bescheuerte Francesco, ein Kater, der sich mal an Odette ranschmeißen wollte und so getan hat, als sei er Italiener – nur, um sich interessanter zu machen. In Wirklichkeit hieß Francesco Franz-Josef und kam aus einem Kaff namens Weddelbrook. Ob dieser Sandro auch so ein Betrüger ist? Andererseits – ich sehe keine Frau weit und breit, die er mit dieser Masche beeindrucken könnte.

Jetzt greift er mit einer Hand sehr förmlich nach meiner Pfote und drückt sie kurz. »Oh, *il gatto nero* 'atte sährrr kalte Pfote! Dase nicht gut! Werner, ich glaube, du musst Katährrr snelle nake 'ause brrringen.«

Nake 'ause?? Wenn er damit *nach Hause* meint, dann hat der Mann eindeutig Ahnung von Katzen und ist wahrscheinlich doch kein Betrüger.

»Ja, mach ich gleich. Ich muss nur noch kurz meine Geschichte zu Ende erzählen. Denn nach dem schrecklichen Gesinge von der Trulla wurde es noch schlimmer. Betrifft indirekt sogar dich!«

Hm, ob Werner gerade von Beate erzählt?

»Also, stell dir vor – am nächsten Vormittag ruft die bei mir an und behauptet, Anna habe sie vergiften wollen!«

Jupp. Es geht um Beate.

Sandro zieht die Augenbrauen hoch. »Aha. Und was 'atte mit mir zu tun? *No capisco!*«

»Na, ich sag ja: indirekt. Also, offenbar haben Roland, sie und die Kinder nachts ziemliche Bauchschmerzen bekommen. Deshalb war sie der Meinung, Anna habe absichtlich etwas gekocht, was sie nicht vertragen hätten. Das ist natürlich völliger Schwachsinn. Außerdem hat Anna nicht gekocht, sondern du hast das Büfett geliefert.«

Dazu sagt Sandro nichts, aber da ich fast auf Augenhöhe mit ihm bin, kann ich sehen, wie sich sein Gesicht verfinstert. Werner merkt davon nichts.

»Wie auch immer«, fährt er fort. »Ich denke mal, die Kinder haben sich im Kindergarten etwas eingefangen und damit alle angesteckt. Da können wir glatt froh sein, dass wir noch so gesund sind.«

Stimmt. Das kann ich bestätigen. Diese Bauchschmerzen wünsche ich keinem! Ich werde in Zukunft einen noch größeren Bogen um Beates Kinder machen als ohnehin schon. Sandro schweigt weiter, dazu verzieht sich die Partie um seinen Mund auf eine sehr komische Art und Weise, und mit einem Mal bekomme ich das Gefühl, dass ihm die Geschichte von Beate auch irgendwie Bauchschmerzen bereitet. Wirklich seltsam! Was würde ich dafür geben, in diesem Augenblick Püschelloge zu sein und in Sandros Kopf gucken zu können!

Hastig schmeißt er seine Zigarette auf den Boden und tritt sie aus. »Ciao, Werner! Ich muss wieder rrrein in Laden. Gruß Anna von mir. Und schnell mit *il gatto* in Wohnung!«

Und schwupp! ist er in seinem Laden verschwunden, so schnell, dass Werner nicht mal Tschüss sagen kann. Der schaut ihm verdutzt hinterher, dann seufzt er, drückt mich ein wenig fester an seinen Mantel und marschiert mit mir Richtung Wohnung.

Friede auf Erden.
Auch zwischen Beate und Anna.

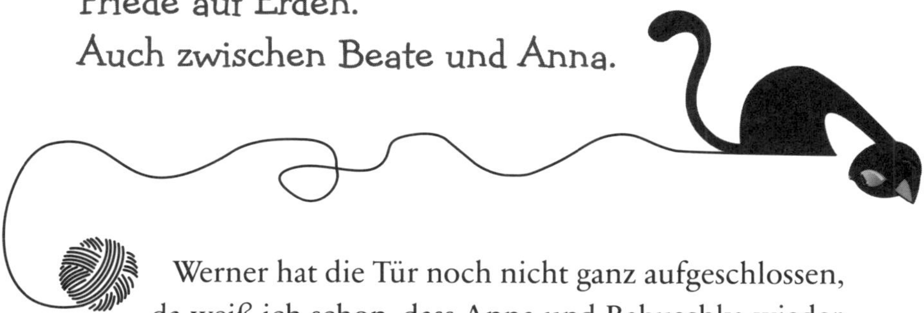

Werner hat die Tür noch nicht ganz aufgeschlossen, da weiß ich schon, dass Anna und Babuschka wieder da sind. Die Stimmen *meiner* beiden Frauen würde ich sofort und überall erkennen! Hurra! Die Fremdverpflegung durch italienische Imbissinhaber hat ein Ende! Es wird wieder richtig gekocht in der Hochallee 106a!

Ich schlüpfe an Werner vorbei durch die Tür und laufe Richtung Wohnzimmer, wo ich die beiden gerade gehört habe. Hat Werner heute Morgen nicht etwas von Leckerlis gesagt, die Anna bestimmt für mich mitgebracht hätte? Hallo, hier bin ich! Und wo ist mein Geschenk?

Aber anstatt sich zu freuen, den edelsten und schlausten Kater der Welt wiederzusehen, beachten mich Babuschka und Anna gar nicht. Stattdessen streiten sie sich. Und zwar auf Russisch. Das ist nämlich die Muttersprache von Anna und Babuschka, und wenn die beiden einmal Zoff miteinander haben, tragen sie diesen immer auf Russisch aus.

Mir ist's insofern egal, in welcher Sprache das Wortgefecht stattfindet, da ich seit meinem Körpertausch mit Kira

Russisch ganz ausgezeichnet verstehen kann. Und so wird mir schnell klar, um was es hier geht: Erstaunlicherweise nämlich schon wieder um die schreckliche Beate! Nanu? Anna und Babuschka mussten ihre Gesangseinlage doch gar nicht ertragen!

Interessiert spitze ich die Öhrchen und erfahre, dass Beate anscheinend eine böse Nachricht auf unserem Anrufbeantworter hinterlassen hat, in der sie Anna als »Putze« bezeichnet hat. Worüber sich diese nun sehr aufregt, was wiederum Babuschka aufregt. Die findet, dass an allem sowieso nur mein Werner schuld sei. Und hier gibt ihr nun Anna wieder recht. Dass Werner irgendwie schuld ist, findet sie nämlich auch. Woran, weiß ich nicht. Mit anderen Worten: Hä? Obwohl ich Russisch kann, verstehe ich kein Wort. Was ist hier bloß das Problem?

Eigentlich verstehen sich Werner und Anna blendend. Und das ist noch untertrieben. Die Wahrheit ist: Die beiden sind ein Liebespaar. Gemocht haben sie sich schon immer. Aber vor ein paar Wochen hat Werner unsere Anna eins-a-spitzenmäßig aus den Fängen ihres fiesen Exfreundes Vadim gerettet und sich dafür sogar richtig mit ihm gekloppt, obwohl er sonst so gar kein Typ für Schlägereien ist. Danach hat Anna sich nicht nur bei ihm bedankt, sondern auch gesagt, dass er ein Held ist. Tja, und DANN hat Werner sie einfach so geküsst! Auf den Mund! Ich konnte es erst gar nicht fassen, denn normalerweise ist mein Werner ein sehr zurückhaltender Mensch.

Seit sich Werner das aber einmal getraut hat, macht er es

immer wieder. Also, nicht bei irgendwelchen x-beliebigen Frauen, sondern natürlich nur bei Anna. Und das ist nach meinen bescheidenen Kenntnissen über die Liebe zwischen Menschen ein untrügliches Zeichen dafür, dass die beiden nun ein Paar sind. Auch alles andere spricht mittlerweile dafür: Sie gehen alleine spazieren – nicht mal Babuschka darf dann mitkommen! Außerdem sagt Werner nicht mehr nur *Anna*, sondern ab und zu *Spatzl* zu Anna. Das kenne ich aus dem Fernsehen: Wenn Menschen sich mögen, geben sie sich die Namen von kleinen Tieren. Also eben *Spatzl*, *Mausi* oder *Häschen*. (Wenn sie sich nicht mehr mögen, werden die Tiere größer. Also etwa *»du Hornochse«* oder *»dumme Kuh«*.) Und schließlich hat Annas Stimme oft einen ganz zarten Schmelz, wenn sie mit Werner spricht. Das klingt extrem liebevoll und ich wünschte, Odette würde so säuseln, wenn sie mit mir redet.

»Werner, wir sind wieder da!«, ruft Anna nun auf Deutsch in Richtung Flur. Offensichtlich hat sie trotz der Streiterei mit Babuschka gemerkt, dass Werner dort steht. »Kommst du mal bitte?«, ruft sie dann etwas lauter und ihre Stimme hat dabei fast etwas Bedrohliches. Der zarte Schmelz, den ich gerade erwähnt habe, fehlt jedenfalls völlig. Werner steckt seinen Kopf ins Wohnzimmer.

»Hallo, Spatzl, hallo, Frau Kovalenko«, begrüßt er Anna und Babuschka. »Schön, dass ihr wieder da seid! Wir haben euch vermisst.« Okay, Werner Stimme klingt noch schmelzig. Oder sollte ich besser sagen: schmalzig? Denn mein Professor scheint die schlechte Stimmung im Wohnzimmer zu spüren und schiebt nun ein unsicheres »Ist alles in Ordnung, Spatzl?« hinterher. Anna wirft ihm einen finsteren Blick zu und holt tief Luft.

»Gar nichts ist in Ordnung, Werner, gar nichts!« Dramatisches Augenrollen. Maunz, da bekomme sogar ich, der mutigste Kater der Welt, Angst!

»Wie … wieso denn, Spatzl? Geht es Olga und dem Baby nicht gut?«

Olga ist Annas Schwester. Sie wohnt in Köln und hat gerade ihr erstes Baby bekommen. Deshalb haben Anna und Babuschka sie auch besucht, so ein Baby scheint ziemlich spannend zu sein. Ob Olga es auch aus der Gärtnerei geholt hat? Vielleicht hat sie zu Hause festgestellt, dass es im Kindergarten nicht richtig gegossen wurde. Aber was hätte Beate damit zu tun und warum wäre das Werners Schuld?

Anna guckt immer noch sehr böse. Babuschka irgendwie auch. Vorsichtshalber verkrümle ich mich unter das Sofa. Hier kann ich alles hören, aber sollten hier gleich die Fetzen fliegen, bekomme ich davon wenigstens nichts ab.

»Doch, Werner, Olga und dem Baby geht es gut. *Mir* geht es nicht gut. Denn ich komme nach Hause, und auf dem Anrufbeantworter werde ich von deiner Schwägerin Beate als Putzfrau beschimpft, die deine Gutmütigkeit ausnutzt.«

Nun ist es Werner, der die Augen rollt. »Ach, Anna! Du weißt doch, wie Beate ist. Da darfst du nichts drauf geben. Ich habe ihr das heute Morgen schon gesagt, aber sie ist eben eine ungeheuer lästige Person, die einfach nicht lockerlassen kann.« Maunz! *Lästige* Person scheint mir fast eine Untertreibung zu sein! Supernervig würde wesentlich besser passen!

»Werner! Es geht mir nicht um Beate!«

»Nein?«, fragt Werner überrascht nach.

»Nein! Sondern darum, dass immer noch niemand aus deiner Familie weiß, dass wir ein Paar sind! Wenn Beate das wüsste, würde sie mich bestimmt nicht als deine Putze bezeichnen, sondern hätte ein bisschen mehr Respekt vor mir!«

Äh, worum geht's? Ich gestehe, dass ich gerade nicht so recht weiß, was Anna meint. Wieso ist es für sie so wichtig, dass die nervige Beate weiß, dass Werner und sie ein Paar sind? Ich finde, je weniger Beate von einem weiß, desto besser! An Werners Blick, den ich auch von hier unten ganz gut sehen kann, erkenne ich allerdings, dass er wiederum genau weiß, wovon Anna spricht. Er sieht nämlich sehr schuldbewusst aus.

»Ich … äh … bin einfach noch nicht dazu gekommen, äh … ich … äh …«

Was für ein schlimmes Gestammel! Das ist doch sonst nicht Werners Art! Irgendetwas stimmt hier nicht!

»Das glaube ich dir nicht!«, unterbricht ihn Anna. »Weißt du, was ich denke?«

Na, da bin ich aber mal gespannt! Da ich im Gegensatz zu Spike ja nicht mit einem Püschellogen, sondern mit einem Physikprofessor zusammenlebe, bin ich meist darauf angewiesen, dass mir Menschen sagen, was sie denken.

»Äh, ja?«

»Ich glaube, ich bin dir peinlich. Weil ich nur deine arme Haushälterin bin. Deswegen erzählst du deiner Familie nichts von mir.«

Werner reißt die Augen auf und schnappt nach Luft. Schätze mal, Annas Verdacht ist falsch.

»Aber Spatzl! Wie kannst du nur so etwas denken?«

Statt einer Antwort schluckt Anna nur und ich sehe, dass es in ihren Augen verdächtigt glitzert. Sind das etwa Tränen? Heilige Ölsardine, erwachsene Menschen weinen meines Wissens äußerst selten. Die Lage ist also ernst!

Nun mischt sich Babuschka in das Gespräch ein. »Hat meine Tochter nicht notig, sich lassen beleidigen von diese Frrrrau! Werner Hagedorn, meine Tochter ist schön und sehrrrr gebildet! Sie ist echte Konigin! Also, mussen Sie sie behandeln auch so!«

Maunz! Babuschka hat sich richtig in Rage geredet. Von meinem Beobachtungsposten linse ich vorsichtig zu ihr hinüber, um zu gucken, ob sie vielleicht schon Schaum vor dem Mund hat. Aber so weit ist es zum Glück noch nicht. Werner allerdings steht da, als habe sie ihm gerade eine Ohrfeige verpasst.

»Aber Frau Kovalenko! Ich bin völlig schockiert – Beate hat Anna beleidigt? Das geht natürlich gar nicht! Was um Gottes willen hat sie denn gesagt?«

»Oh, das kannst du dir gern noch einmal selbst anhören«, sagt Anna, schnappt sich das Telefon vom Wohnzimmertisch und reicht es ihm.

Werner drückt eine Taste, dann hören wir alle, was Beate auf den Anrufbeantworter gesprochen hat.

»Ja, Werner, hier noch mal Beate! Also ich muss schon sagen: Es ist einfach ungeheuerlich, dass du mir den Hörer auflegst, nur weil ich deine Putze kritisiere! Du willst die Wahrheit wohl nicht hören, oder? Nun gut, vielleicht hat diese Frau uns nicht vergiftet – eine gute Putzfrau ist sie trotzdem nicht. Auf deinen Fensterbänken liegt überall Staub. Ich habe es am Sonntag selbst überprüft. Mein Rat: Schmeiß die Dame raus und such dir eine neue Hilfe!«

Werner schnappt hörbar nach Luft und auch mich hält es nicht mehr unter dem Sofa. Was für eine bodenlose Frechheit!

»Spatzl! Das ist schlimm! Ich rufe Beate gleich mal an und werde ihr was husten!«

Anna schüttelt den Kopf. »Nein, das brauchst du nicht. Ich bin nicht traurig, weil diese Frau unverschämt ist. Sondern weil sie offenbar keine Ahnung hat, dass ich deine Freundin bin. Sonst würde sie so etwas nicht sagen. Du hast also niemandem von uns erzählt. Das macht mich traurig.«

Werner guckt betreten zu Boden, dann hebt er das Kinn und unternimmt einen Erklärungsversuch. »Aber Spatzl, ich rede mit Beate nie über Privates. Warum sollte ich? Sie ist eine alte Klatschtante. Ich mag sie nicht besonders. Also, warum sollte ich mit ihr über dich reden?«

Annas Augen beginnen wieder zu funkeln. Aber diesmal sehe ich keine Tränen in ihnen, sondern eher … ich überlege kurz: Wut. Ja. Anna ist bestimmt wütend.

»Werner, das ist Quatsch! Es geht doch gar nicht um Beate. Du hast *niemandem* aus deiner Familie erzählt, dass ich deine Freundin bin. Auch deiner Mutter oder deinem Bruder nicht. Sonst wüsste es Beate. Und ich weiß auch warum: Weil du nicht willst! Du willst nicht, dass ich zu deiner Familie gehöre. Darum!«

Natürlich habe ich von diesem ganzen Menschen-Familien-Liebeskram gar keine Ahnung – aber ich muss zugeben, dass mich Annas Argumente nicht ganz unbeeindruckt lassen. Also zumindest mir als Kater leuchten sie ein. Und ein kurzer Blick auf Babuschka sagt mir, dass es ihr genauso geht wie mir. Sie glaubt ihrer Tochter.

Werner verdreht die Augen und seufzt so schwer, als habe man ihm einen Mühlstein um den Hals gehängt. »Ich habe überhaupt nichts dagegen, dich meiner Familie als meine Freundin vorzustellen. Wie kommst du bloß auf so einen Unsinn?«

Aber Anna lässt sich nicht beirren. »Beweise es mir!«

»Was? Wie soll ich das denn machen?«

»Keine Ahnung. Lass dir etwas einfallen.«

»Spatzl, mein Herz gehört nur dir. Aber das musst du mir schon glauben, so etwas kann man doch nicht beweisen!«

Hm, da ist was dran. Selbst ich als unglaublich schlauer Kater habe für dieses Problem gerade keine Lösung parat. Wir sind eben alle keine gedankenlesenden Püschellogen. Nur Babuschka wirkt auf einmal ganz vergnügt.

»Ach, habe ich sehrrr gutt Idee! Idee, wie kann Professor beweisen sein Gefuhl fur dich, Anna!«

Werner und Anna gucken sie erstaunt an, was Babuschka mit einer gewissen Genugtuung zur Kenntnis nimmt, denn jetzt macht sie eine Kunstpause, dann nickt sie sehr huldvoll und erklärt ihren Plan. »Herr Professor. Ist bald deutsche Weihnachten. Heiligabend, richtig? Ist sich grrroßes Familienfest hier, das weiß ich von meine deutsche Urgroßältarrn.«

Werner nickt. »Ja, da haben Sie recht. Die meisten Deutschen feiern Heiligabend als Familienfest. Ich habe es die letzten Jahre allerdings vermieden. Ich bin kein großer Weihnachtsfreund.«

Babuschka mustert ihn. »*Da*, *da*, ich habe schon so gedacht. Aber diese Jahr machen Sie anders. Diese Jahr, Sie laden ganze Familie noch mal ein hierher. Und dann wir feiern zusammen: Professor, Anna, Kira, Babuschka, Mamuschka Hagedorn, Schwester, Bruder und schreckliche Beate mit Kindern. Und vielleicht noch Olga, Dieter und Baby. Wenn wir gemeinsam Weihnachten gefeiert, dann sind wir echte Familie! Alle!«

Was? Das ist hoffentlich kein ernst gemeinter Vorschlag! Die ganze Bande noch einmal hier? Wäre ich ein Hund, würde ich nun jaulen. So bleibt mir nur, sehr wehleidig vor mich hinzumaunzen. Ein kurzer Blick zu meinem Mitbewohner: Ja, auch Werner sieht alles andere als angetan aus – ganz im Gegensatz zu Anna, die begeistert in die Hände klatscht und von einem Ohr zum anderen strahlt. Die Vorstellung, gemeinsam mit der doofen Beate unter dem Christbaum zu sitzen, scheint ihr tatsächlich zu gefallen.

Werner holt tief Luft, dann räuspert er sich. Klar, er braucht ein bisschen Mut, um der energischen Babuschka zu sagen, dass dieser Vorschlag wirklich Schrott ist!

»Frau Kovalenko, was für eine tolle Idee! Genau so wird's gemacht, nicht wahr, Spatzl?«

Anna sagt dazu nichts – stattdessen fällt sie Werner um den Hals und gibt ihm einen Kuss.

Ein Fahndungsplakat und ein guter Plan. Und der Kaiser von China.

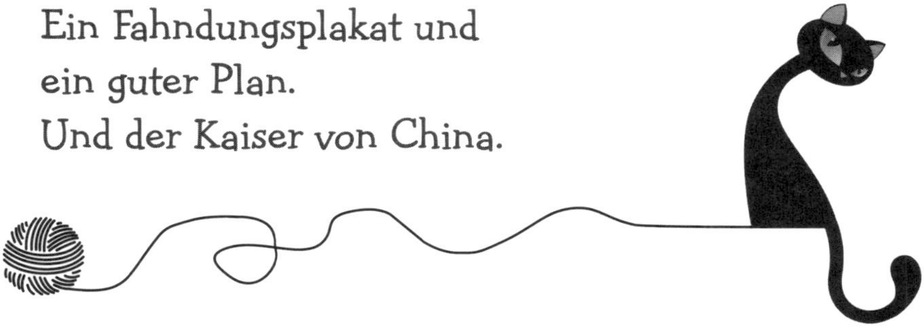

Neugierig linse ich über Kiras Schulter und versuche zu entziffern, was sie dort gerade mit einem dicken Filzstift auf ein Blatt Papier malt. Sie sitzt vor mir auf dem Boden, ich habe es mir auf ihrem Bett bequem gemacht, um besser sehen zu können.

Warnung!!!
Passt auf eure Haustiere auf!

Bis eben war ich noch todmüde, weil es Babuschka mit meinem Mittagessen heute übertrieben hat und ich eindeutig zu viel Geflügelleber verspeist habe. Aber trotz Fresskoma bin ich mit einem Mal wie elektrisiert. Es geht um den Katzenhasser! Der schreckliche Tierquäler, von dem mir Kira vor ein paar Tagen erzählt hat! Ich rutsche an die Bettkante und kuschle mich möglichst eng an Kiras Schulter, die nun auf gleicher Höhe mit mir ist. Sehr gut! So kann ich noch besser sehen.

Sie schiebt mich zurück auf die Matratze. »Hey, Winston,

ich kann nicht schreiben, wenn du mir so auf den Pelz rückst.«

Pelz? Wieso Pelz? Kira hat nicht mal ein Fell, von einem richtigen Pelz ganz zu schweigen. Verwundert schaue ich sie an.

Kira lacht. »Das sagt man nur so, Winston, wenn einem jemand zu nah kommt. Ein Menschensprichwort also, verstehst du?«

Ach so. Sag das doch gleich! Ich schnurre zur Bestätigung. Wegscheuchen lasse ich mich aber trotzdem nicht, dafür finde ich die ganze Angelegenheit viel zu spannend!

Kira seufzt und wendet sich wieder ihrem Zettel zu.

Liebe Katzen- und Hundefreunde!
Ein irrer Haustierhasser hat es auf eure Lieblinge abgesehen! Er legt vergiftete Köder aus: Leberwurststücke, Ölsardinen oder andere Dinge, die auf den ersten Blick sehr lecker aussehen. Aber wenn die Tiere diese gefressen haben, werden sie sehr krank und können sogar daran sterben!
Also: Lasst eure Hunde und Katzen nichts Unbekanntes fressen!!!!

Miauuuuomaunz! Mir läuft es sofort kalt den Rücken hinunter! Vor meinem inneren Auge sehe ich Spike, wie er sich vor Krämpfen windet, nachdem er eine besonders appetitliche Ölsardine verschlungen hat, die am Wegesrand lag. Nein, beruhige ich mich selbst, Spike ist nun gewarnt und in Sicherheit. Aber Kira hat absolut recht mit ihrem Zettel – wir müssen auch die Menschen informieren, damit kein Unglück passiert. Allerdings frage ich mich, wie viele Zweibeiner man wohl mit einem einzigen Zettel erreichen kann. Nachdenklich schlage ich mit dem Schwanz hin und her und überlege, wo Kira ihre Warnung am besten aufhängen könnte.

»Alles in Ordnung bei dir, Winston?« Kira mustert mich und streicht mir über den Rücken. »Du wirkst so verspannt. Immer noch Bauchschmerzen? Oder ist es das Thema, was dich so aufregt?«

Ich maunze laut.

Kira nickt mir zu. »Ja, das verstehe ich gut. Ich finde es auch unbegreiflich, dass ein Mensch so etwas Gemeines tut. Aber wenn ich das hier fertig gemalt habe, dann kopieren wir den Zettel ganz oft und dann hängen Tom, Pauli und ich ihn überall im Viertel auf. Das hilft bestimmt, Winston!«

Ach, so will Kira das machen! Das ist wirklich ein sehr schlauer Plan! Und natürlich viel wirkungsvoller, als jeden einzelnen Zweibeiner extra anzusprechen. Ich überlege gerade, wie ich noch mehr Katzen erreichen könnte. Klar, meine Freunde im Innenhof zu warnen, war schon mal gut – aber was sind schon drei Katzen, wo doch wahrscheinlich allein in der Hochallee über hundert Samtpfoten leben. Oder sogar mehr!

Zettel aufzuhängen, ist natürlich keine Alternative für mich, denn zum einen wüsste ich nicht, wie ich die mit meinen Pfoten überhaupt an einen Baum oder eine Laterne kriegen sollte, zum anderen bin ich selbst wahrscheinlich die einzige Katze weit und breit, die lesen kann. Mir muss also etwas anderes einfallen, wenn ich als Held in die Geschichte der Hochallee eingehen will. Nur: was?

Es klingelt an der Wohnungstür und Kira stürmt aus dem Zimmer, um sie zu öffnen. Kurz darauf höre ich die vertrauten Stimmen von Pauli und Tom. Die beiden sind Kiras beste Freunde – in der Schule und auch im wahren Leben. Sie sind zwar völlig unterschiedlich – Tom eher ruhig und nachdenklich, Pauli quirlig und leicht überschäumend – aber gemeinsam bilden sie das perfekte Team. Finde ich jedenfalls. Da hat Kira wirklich Glück gehabt, denn, wenn ich das als Vierbeiner mal so sagen darf: Es gibt schon auch blöde Kinder. Gerade in Kiras Klasse ist der Zickenfaktor ganz schön hoch, davon konnte ich mich schon selbst überzeugen.

Pauli kommt ins Zimmer und setzt sich gleich neben mich aufs Bett. »Na, Chef? Alles wieder gut bei dir?«

Na, das ist doch mal eine schöne Begrüßung! *Großer Meister* würde mir natürlich auch gefallen, aber *Chef* geht wenigstens in die richtige Richtung. Ich drehe mich auf den Rücken, beginne zu schnurren und warte darauf, dass Pauli mich krault. Das macht sie aber leider nicht, stattdessen strubbelt sie sich durch ihre rabenschwarzen, wild vom Kopf abstehenden Haare, schnappt sich den Zettel, der immer noch auf dem Boden liegt, und legt sich wieder neben mich – nur, um sofort wieder aufzuspringen, als Tom und

Kira ins Zimmer kommen. Was für eine Hektik diese Menschen immer verbreiten!

»Kira, du hast ja die Hälfte vergessen!«, ruft Pauli und wedelt mit dem Blatt Papier. »Also, zum Beispiel die Nummer der Polizei. Für verdächtige Beobachtungen! Oder noch besser: unsere Nummer, denn auf die Polizei können wir uns vielleicht gar nicht verlassen, die jagen doch wahrscheinlich nur Räuber und Einbrecher und so. Katzenhasser interessieren die bestimmt nicht! Wir müssen also selbst ran!«

Tom guckt nachdenklich und rückt seine Brille zurecht. »Ich weiß nicht. Das Auslegen von vergifteten Ködern erfüllt den Straftatbestand der Tierquälerei. Da *muss* sich die Polizei drum kümmern.«

Pauli fängt an zu kichern. »Oh Mann, jetzt klingst du schon fast wie mein Vater.«

Vater? Neugierig spitze ich die Öhrchen. Ich dachte bisher immer, dass Pauli gar keinen Vater hat. Beziehungsweise: Mir war schon klar, dass alle Menschenkinder – sofern sie nicht tatsächlich aus einer Gärtnerei namens Kindergarten geliefert werden – einen Vater haben. Aber es gibt ja auch Väter, die irgendwie verschwunden sind. Und so einen hat Pauli. Das habe ich jedenfalls angenommen. Damit liege ich aber offensichtlich falsch.

Tom scheint sich gerade ungefähr das Gleiche zu denken, denn er zieht seine Nase kraus und fragt: »Dein Vater?«

Pauli grinst. »Klar. Mein Dad ist Anwalt. Ich seh ihn fast nie, er wohnt in Heidelberg. Aber wenn ich ihn mal besuche, dann textet er mich meistens mit so schwurbeligem Zeugs zu. Anwaltsgequatsche eben. Ich glaube mittlerweile, er meint es irgendwie nett, will mir die Welt erklären und kann halt nicht anders. Mama sagt, so war er schon immer. Frage mich echt, wie sie sich da in ihn verlieben konnte.« Sie zuckt mit den Schultern. »Na ja, aber das ist hier ja gar nicht das Thema. Ich bleibe dabei: Wir sollten uns nicht nur auf die Polizei verlassen, wenn wir die Tiere im Viertel retten wollen. Denn: *Warnen ist gut. Fangen ist besser.* Den Katzenhasser, meine ich.«

Kira runzelt die Stirn. »Das ist natürlich richtig. Besser wäre es, wenn der Katzenhasser geschnappt würde und keine Köder mehr auslegen könnte. Denn wir werden niemals wirklich alle warnen können. So viele Zettel können wir gar nicht aufhängen.«

»Genau!«, ruft Pauli. »Und deswegen muss da auch eine Telefonnummer drauf, unter der man uns direkt erreichen kann, wenn man eine auffällige Beobachtung macht. Bei uns laufen dann alle Infos zusammen, wir erstellen daraus das Täterprofil, lauern dem Kerl auf und schwupp, schnappen wir ihn! Hugh, ich habe gesprochen.« Pauli kreuzt die Arme vor ihrer Brust und verneigt sich in Toms Richtung.

Hugh, ich habe gesprochen? Was meint Pauli denn damit? Dass sie etwas gesagt hat, haben wir doch alle gehört! Ich scheine aber der Einzige zu sein, der sich über diesen Spruch wundert, denn Tom und Kira grinsen nur wissend.

»Schwupp, schnappen wir ihn. Einfach so«, meint Tom schließlich und grinst dabei immer noch.

Pauli nickt. »Klar. Ist schließlich nicht unser erster Fall! Mittlerweile sind wir doch echte Profis!«

Stimmt! Sind wir! Sowohl Kira, Pauli und Tom als auch Odette, Spike, Karamell und ich. Immerhin haben wir schon einem Zigarettenschmuggler das Handwerk gelegt, einen Entführer dingfest gemacht und eine gefährliche Tresorräuberbande geschnappt. Und zwar *fast* ohne erwachsene Hilfe. Nur Kinder und Katzen. Was doch wohl der Beweis ist, dass das die beste Kombination überhaupt ist! Na gut, ein paar Mal waren wir auch froh, als in brenzligen Situationen die Polizei dann doch noch dazukam – aber geschafft hätten wir es auch allein. Glaube ich jedenfalls. Wobei, Babuschka hat uns auch schon mal richtig aus der Patsche geholfen.

»Okay, dann schreibe ich noch das mit den auffälligen Beobachtungen und meine Handynummer dazu«, meint Kira und zückt ihren Stift.

Tom schüttelt den Kopf. »Nee, jetzt mal im Ernst. Ich bin ja gern als Detektiv unterwegs – aber deine Handynummer auf ein Plakat schreiben, das wir überall aufhängen wollen? Ist das wirklich so schlau? Nachher rufen da lauter Verrückte an und texten dich zu.«

»Hm, da könnte natürlich was dran sein«, gibt ihm Pauli recht.

Kira seufzt. »Ja, was denn nun? Soll ich eine Nummer draufschreiben oder nicht? Oder doch einfach den Satz mit der Polizei?«

»Nein!«, sagt Pauli. »Ich bleibe dabei: Wir müssen die

Sache selbst in die Hand nehmen, wenn wir unsere Katzen wirklich retten wollen. Stellt euch mal vor, es hätte Winston getroffen!«

Ich recke mich hoch und nicke den Kindern zu. Genau! Stellt euch das mal vor! Ihr müsst wirklich schnell handeln – und ich wünschte, mir würde etwas einfallen, mit dem ich euch unterstützen könnte!

»Wie wäre es denn mit einem Prepaid-Handy?«, schlägt Tom nun vor. »Das könnten wir nur für diese Aktion besorgen. Ich glaube, die kosten gar nicht so viel. Und wenn der Katzenhasser geschnappt ist, brauchen wir es nicht mehr.«

»Tom, das ist jetzt aber mal eine richtig gute Idee von dir!«, lobt ihn Pauli überschwänglich. Ich hingegen ärgere mich, dass ich schon wieder nicht verstehe, worüber die Kinder gerade sprechen und ich nicht mal nachfragen kann. Was ein Handy ist, weiß ich zwar, aber, bei meinem Kratzbaum: Das Wort *Prepaid* habe ich noch nie gehört.

»Ich trau's mich ja kaum zu sagen, aber: Was ist denn ein Prepaid-Handy? Und wo bekommen wir so eins her?«, will Kira wissen und spielt sich mit dieser Frage noch mehr in mein Herz, als sie ohnehin schon ist. Meine Kira versteht mich eben auch ohne Worte.

»Prepaid heißt, dass du vorher ein Guthaben auf dein Handy laden musst«, erklärt Pauli. »Also zum Beispiel zehn Euro. Für den Betrag kannst du dann telefonieren. Aber du brauchst eben kein Bankkonto und keinen Vertrag über zwei Jahre oder so was Kompliziertes. Du kaufst es einfach, lädst dein Guthaben drauf und fertig. Und wenn du es nicht mehr brauchst, kostet es auch nichts mehr. Ich glaube, solche Handys gibt's an Tankstellen. Oder eben in einem Telefonshop. In der Eppendorfer Landstraße ist doch so ein Laden, da kriegen wir bestimmt eins.«

Maunz – ein Handy funktioniert nur mit Geld? Das ist aber interessant! Und wie kriegt man das Geld in das Handy? Steckt man das da irgendwie rein? Ich überlege, ob ich schon einmal beobachtet habe, wie Werner oder Anna Geldscheine in ihre Handys gesteckt haben, kann mich aber nicht recht daran erinnern. Überhaupt ist mir der Sinn von Geld bis heute noch nicht hundertprozentig klar. Sicher ist nur, dass es für die Zweibeiner extrem wichtig ist. Ich beschließe, die Geschichte mit dem Handy mal genau zu beobachten. Danach bin ich bestimmt schlauer!

»Richtig teuer sind die Teile auch nicht«, ergänzt Tom. »Ich glaube, die billigsten kosten so um die dreißig Euro – also für jeden von uns einen Zehner. Ist dann natürlich kein iPhone, aber für unsere Zwecke reicht's.«

Ei-fon? So wie Spiegelei? Oder Rührei? Mir fällt ein, dass ich schon wieder Hunger habe. Aber nicht auf eine Eierspeise, sondern auf Ölsardine. Ein gutes Zeichen, meinem Bauch geht es also wieder bestens.

»Okay«, ruft Kira unternehmungslustig. »Dann sollten wir schleunigst so ein Teil besorgen, damit wir eine Telefonnummer haben und die Plakate endlich fertig machen können. Ich habe sogar noch dreißig Euro im Sparschwein, euren Anteil könnt ihr mir später geben.« Sie klatscht in die Hände. »Also auf, auf!«

Kira schüttet den Inhalt des roten Sparschweins, das im Regal über dem Schreibtisch wohnt, auf selbigen, schnappt sich dann ihre Umhängetasche und schon laufen die Kinder aus dem Zimmer Richtung Wohnungstür.

Hey, wartet auf mich! Ich hechte hinterher und kann gerade noch durch den Spalt schlüpfen, bevor die Tür wieder ins Schloss fällt.

Draußen angekommen, schwingen die Kinder sich trotz der verschneiten Straßen auf ihre Fahrräder, ich darf im Korb Platz nehmen. Schon fünf Minuten später stehen wir im Handyshop. Aber das ist leider auch schon das Einzige, was an diesem Plan gut funktioniert.

Als Tom dem Telefonverkäufer im Laden schildert, was genau wir suchen, lächelt dieser milde und fragt: »Wie alt bist du denn, junger Mann?«

»Äh, dreizehn. Wieso?«

»Tja, dann tut's mir leid. Auch für Prepaid-Handys brauchen wir die Unterschrift von jemandem, der volljährig ist.«

Maunz, ich versteh nur Bahnhof! Volljährig? Was ist das? Und gibt's auch halbjährig?

»Ich!«, meldet sich jetzt Pauli zu Wort. »Ich bin volljährig! Dann kauf ich das Handy!«

Der Verkäufer nickt gütig. »Sicher. Und ich bin der Kaiser von China.«

Wahnsinn! *Dieser Mann* ist der Kaiser von China? Und Seine Majestät arbeitet ausgerechnet in einem Handyshop in der Eppendorfer Landstraße?

Regel Nummer 1:
Leg dich nie mit Babuschka an!

Babuschkas schwarze Hochsteckfrisur sieht heute irgendwie noch imposanter aus als sonst und auch ihre Miene bewegt sich zwischen furcht- und respekteinflößend. Der Handyverkäufer macht jedenfalls sicherheitshalber einen kleinen Schritt zurück, als sie auf seinen Verkaufstresen zusteuert. Wahrscheinlich will er sichergehen, dass die kaiserliche Palastwache irgendwo in den Tiefen des Handyshops bereitsteht, um ihn notfalls aus den Fängen einer russischen Großmutter zu befreien.

»Guten Tag, äh … wie … kann ich Ihnen helfen?«, erkundigt er sich unsicher und gar nicht majestätisch.

»Hallo!«, grüßt Babuschka huldvoll zurück. »Warum Sie wollen Kinder nicht verkaufen Handy? Ist Geld genug da.«

»Ja, also, ich habe es den Kindern ja schon erklärt – auch bei Prepaid-Handys brauchen wir ein Bankkonto und eine Unterschrift von einem Erwachsenen. Es ist schon ein Vertrag, den Sie da mit uns schließen.«

»Vertrag?« Babuschka zieht die Augenbrauen hoch, was sie noch strenger aussehen lässt. »Hab ich geguckt Wärrbung in Fernsehärrr, hat gesagt nix Vertrag für Prepaid, hat gesagt alles ist frei. Kein Vertrag, keine Gebuhr!«

Der Verkäufer guckt erstaunt. *»Gebuhr?«*

Kira räuspert sich.

»Meine Großmutter meint Gebühr. Sie hat gehört, dass man gar keinen Vertrag schließen muss, weil man ja alles vorher bezahlt und es keine Extragebühren kostet.«

Grimmiges Nicken von Babuschka, der Verkäufer geht noch einen Schritt zurück. Von der Palastwache ist allerdings immer noch nichts zu sehen.

»Äh, ja, also, das sind ja auch nicht direkt Gebühren, aber so ganz ohne Vertrag geht es eben nicht, weil …«

»Lugner!«, schimpft Babuschka jetzt los und fuchtelt mit ihrer Hand vor seiner Nase hin und her. »Sie sind Lugner! Sie sagen in Wärrbung nix Vertrag und jetzt Sie wollen doch Vertrag! Frächheit!«

Hilflos hebt der Verkäufer die Hände. »Meine Dame, beruhigen Sie sich doch! Sie tun ja geradezu so, als ginge es um Leben und Tod!«

»Da. Ist wichtig. Ist läbenswichtig. Es wirklich geht um Läban und Tod!«

Um den Ernst der Lage zu verdeutlichen, nehme ich einen kurzen Anlauf, springe auf den Verkaufstresen und fauche, was das Zeug hält.

»Uah!« Der Kaiser von China macht einen Satz zurück und starrt mich entsetzt an. »Nehmen Sie sofort das Viech da weg! Und am besten gleich!«

Hey, hey – mögen die in China etwa keine Samtpfoten?

Ich fauche noch einmal, so laut ich kann. Der Typ hat ja anscheinend gar keine Palastwache, die mich verscheuchen könnte! Und mit dem bösen Blick, mit dem er mich jetzt bedenkt, wird er mich auf keinen Fall los!

Er seufzt. »Hören Sie, meine Dame: Wenn Ihnen das Handy jetzt so wichtig ist, dann schließen Sie doch den Vertrag. Sie bekommen es auch gleich mit und können dann sofort telefonieren.«

Babuschka legt den Kopf schief. »Na gut. Machen wir so. Wo ist Vertrag? Dann ich unterschreibe!«

Der Verkäufer kramt unter dem Tresen ein Papier und einen Stift hervor und kritzelt etwas auf den Zettel. »Ich nehme mal an, Sie wollen das gleiche Modell, für das sich die jungen Damen und Herren hier interessiert haben?«

Statt Babuschka antwortet Pauli. »Ja, genau. Das Olympic 3 000 für 27 Euro.«

»Gut. Dann bräuchte ich von Ihnen noch den Personalausweis, Frau … äh …«

»Kovalenko«, ergänzt Babuschka mit fester Stimme. »Aber hab ich nicht Ausweis, hab ich nur Pass. Hier, bitte sähr!« Sie schiebt ein kleines Büchlein mit einem riesigen, glänzenden Doppelkopfadler auf der Vorderseite über den Tresen, den der Verkäufer-Kaiser interessiert betrachtet.

»Ach so, wenn Sie Ausländerin sind, brauche ich eine Meldebestätigung, damit ich das Formular ausfüllen kann.«

Babuschka schnauft tief durch. »Mäldäbestätigung?«

»Na, dieser Zettel, den Sie im Einwohnermeldeamt bekommen, auf dem draufsteht, wo Sie wohnen.«

Wieder hochgezogene Augenbrauen. »Ich wohne in Omsk. Oblast Omsk in Sibirien. Russland. Momentan hälfe ich mein Tochter Anna mit Kind und Mann. Aber eigentlich ich wohne in Omsk.«

Am Gesichtsausdruck des Verkäufers kann ich sehen, dass das nicht die Antwort war, die er hören wollte.

»Ja, also, das ist jetzt ganz schlecht. Dann kann ich Ihnen das Handy nicht verkaufen, weil …«

RUMS! Babuschka hat mit der Hand auf den Tresen gehauen. »Jetzt es reicht! So ein Unverschämtheit, wie Sie stehlen mein Zeit! Erst sagen Sie in Wärbung, dass alles einfach ohne Vertrag. Dann sagen Sie Kinder, dass mussen erwachsen sein. Dann sagen Sie mir, dass Sie Pass brauchen. Und jetzt ich brauche Zettel von Amt? Was erlaube! Wenn jetzt viele Katzen sterben, dann es ist nur Ihre Schuld. Und deswegen ich gehe nicht hier raus ohne Handy. Ich bleibe!«

Fehlt nur noch, dass Babuschka mit dem Fuß aufstampft. Dem Handyverkäufer ist sichtlich unwohl. Er schwitzt schon und nestelt hektisch an seiner hässlichen Krawatte. Als Kater habe ich davon zwar nicht besonders viel Ahnung, aber ich würde sagen, dass er sich auch deswegen so schlecht fühlt, weil sein Jacket mindestens eine Nummer zu klein ist und er sich darin wie eine Ölsardine fühlen muss. Mit anderen Worten: Ich bin mir mittlerweile nicht mehr sicher, ob dieser Mann wirklich der Kaiser von China ist, so stillos sieht er aus. Wahrscheinlich hat er gelogen. Wie schon bei der Sache mit dem Prepaid-Handy.

»Wir gehen hier auch nicht ohne Handy raus!«, mischt

sich jetzt Pauli ein und setzt sich einfach auf den Boden vor dem Tresen.

»Jawohl!«, stimmen Tom und Kira im Chor zu und setzen sich neben Pauli. Und dann – ich traue meinen Kateraugen kaum – schnauft Babuschka wie ein Walross und setzt sich auch neben die Kinder auf den Fußboden. Das ist zugegebenermaßen gar nicht so leicht für sie, denn wie immer trägt Babuschka zu ihrer Hochsteckfrisur ein sehr elegantes, ziemlich langes, ziemlich enges Kleid und hochhackige Schuhe. Nicht gerade die richtigen Klamotten für gymnastische Übungen in einem Telefongeschäft, aber irgendwie gelingt es ihr doch, halbwegs anmutig Platz zu nehmen. Heilige Ölsardine, unsere Babuschka ist einfach ein Teufelsweib!

Der Verkäufer kommt hinter seinem Tresen hervor. Mittlerweile haben sich Hunderte von kleinen Schweißperlen auf seiner Stirn gebildet. »Also, hören Sie mal – Sie können sich hier nicht einfach so hinsetzen! Das geht doch nicht!«

Babuschka würdigt ihn keines Blickes.

»Hey, ich … äh … ich rufe gleich die Polizei!«

»Gut. Sie machen so. Ich erzähle dann, dass Sie Lugner sind und nicht Telefon verkaufen wollen an mich, weil ich nicht deutsch bin. Sie wollen mich beleidigen!«

»Wie bitte?« Der Verkäufer schnappt nach Luft. »Das stimmt doch gar nicht! Ich habe nichts gegen Ausländer, aber die Sache mit der Meldebestätigung denke ich mir doch nicht aus. Ich brauche eine, sonst bekomme ich Ärger mit meinem Chef.«

Pauli fängt an zu kichern. »Sehen Sie! Und jetzt bekommen Sie stattdessen Ärger mit der Presse! Meine Mutter ist Journalistin, der werde ich erzählen, was das hier für ein Laden ist! Und die schreibt das dann in ihrer Zeitung und dann ist garantiert die Hölle los!«

Grundgütiges Katzenklo – hier wird aber scharf geschossen! Langsam tut mir der Mann leid! Ich weiß nicht, ob ich es gut finde, jemanden zu bedrohen. Am Ende hat er es wirklich nicht so gemeint und tatsächlich nur Angst vor seinem Chef. Tom und Kira scheint es genauso zu gehen. Sie tauschen Blicke aus, dann macht Kira einen Vorschlag.

»Also, jetzt mal im Ernst: Wir wollen gar keinen Streit vom Zaun brechen. Aber wir brauchen dringend ein Handy, weil wir einen Tierquäler stoppen wollen. Wir zahlen auch alles vorher, Sie werden garantiert keinen Ärger mehr mit uns haben. Bitte helfen Sie uns!«

Bei den letzten Worten guckt Kira sehr traurig. Schnell hüpfe ich wieder vom Tresen, hocke mich neben sie und setze ebenfalls meinen traurigsten Blick auf. Ob das wirkt?

Der Mann holt tief Luft. »Na gut. Dann trage ich jetzt einfach Ihre Wohnadresse in Hamburg ein, Sie unterschreiben den Vertrag, von euch Gören krieg ich das Geld, gebe euch das Handy – und dann sehe ich euch hoffentlich so schnell nicht wieder!«

Maunzmiau! Es wirkt! Wir bekommen tatsächlich ein Handy! Bei meinem Lieblingskratzbaum – nun geht es dir an den Kragen, du widerlicher Katzenhasser!

Eine sehr, sehr schlimme Geschichte!

Als wir sehr vergnügt mit den Fahrrädern wieder in der Hochallee ankommen, sehe ich als Erstes: Odette!

Sofort springe ich aus dem Fahrradkorb, schliddere auf allen vieren in ihre Richtung und kann erst kurz vor ihr bremsen.

Kira dreht sich erschrocken um. »Winston! Bist du irre? Du kannst doch nicht einfach in voller Fahrt von meinem Fahrrad runterspringen!«

Tom lacht. »Och, nu' sei mal nicht so streng! Ich glaube, es gibt einen guten Grund für diese Kamikaze-Aktion. Guck mal, da ist wieder die hübsche weiße Katze, die er so gern mag.«

Bingo, Kumpel, du hast es erkannt! Und deswegen melde ich mich jetzt auch ab. Also: Was auch immer ihr jetzt auf euer Plakat draufpinselt und wo auch immer ihr die Zettel dann aufhängt: Ihr müsst es ohne mich tun. Denn ich habe hier noch etwas Wichtiges zu klären!

Odette tut allerdings so, als hätte ich sie eben nicht fast über den Haufen gerutscht. Genau genommen tut sie so, als würde sie mich gar nicht bemerken, was ehrlicherweise unmöglich ist. Wir hocken nämlich Schurrhaar an Schnurrhaar voreinander. Trotzdem schaut sie einfach schnurgerade an meinem rechten Ohr vorbei.

»Odette«, schnurre ich sie an, »wo bist du gewesen? Ich habe dich überall gesucht!«

Jetzt dreht sie immerhin ihren Kopf zu mir und mustert mich. »Was interessiert's dich? Seit wann denkst du über andere Katzen nach anstatt über deinen Fressnapf?«

Autsch! Die ist aber gemein! Ich überlege kurz, was wohl ein Püschelloge dazu sagen würde. Möglicherweise würde er zu dem Ergebnis kommen, dass Odette immer noch wegen irgendetwas gekränkt ist, was mit ihr und den Menschen zusammenhängt. Und nicht etwa mit mir, Winston, ihrem treusten Freund und glühendsten Verehrer. Ich beschließe also, locker zu bleiben und es nicht persönlich zu nehmen.

»Gut, du hast recht, ich denke häufig über mein Fressen nach. Aber über eine Sache denke ich noch viel mehr nach. Und das«, ich mache eine kleine Kunstpause, »bist eindeutig du, Odette! Du bist mir wichtig. Und wenn ich das Gefühl habe, dass es dir nicht gut geht, geht es mir auch schlecht!«

Odette überlegt. Bekomme ich jetzt noch eins übergebraten?

»Das ist lieb von dir, Winston«, sagt sie schließlich. »Es tut mir auch leid, dass ich dich so angefahren habe, aber ich habe mit den Zweibeinern nun mal so meine Erfahrungen gemacht, und nicht alle waren positiv. Wenn ich dann euer Gerede davon höre, dass die ach so lieben Menschen euch die tollsten Dinge in den Fressnapf füllen, dann … dann … macht mich das eben wütend!«

Maunz! Und wow! Und noch mal WOW! Spike lag tatsächlich richtig mit seinem Verdacht! Wie kommt es nur, dass ich diesen Kollegen immer unterschätze? Vielleicht weil er so gemütlich aussieht?

»Was für Erfahrungen hast du denn gemacht?«, hake ich nach.

»Glaube mir, Winston, das willst du gar nicht wissen!«

»Doch!«, beharre ich, denn ich will es wirklich wissen. Wie soll mir Odette sonst jemals richtig vertrauen, wenn ich so wichtige Dinge über sie gar nicht weiß?

Odette seufzt. »Na gut, ich erzähl's dir. Aber nicht hier draußen. Die Geschichte dauert länger und mir ist kalt. Wie wäre es, wenn wir uns vor die Waschküche verziehen?«

Ich überlege kurz. Klar, mir ist auch kalt – aber wenn Karamell und Spike auch vor dem Eckchen am Waschküchenfenster hocken, dann wird mir die stolze Odette wohl kaum richtig ihr Herz ausschütten. Nein, wenn ich die Chance auf ein Gespräch unter vier Katzenaugen haben will, dann müssen wir woanders hin.

»Ich habe eine bessere Idee«, schlage ich deshalb vor. »Lass uns doch hoch in Werners Wohnung gehen. Da ist es kuschelig warm und wir können uns ein Fleckchen suchen, wo uns niemand stört.«

Odette zögert. Ein paarmal war sie schon in unserer Wohnung gewesen, und ich glaube, dass sie meine Zweibeiner-Familie auch mag – immerhin ist auch sie schon sehr fürstlich von Anna und Babuschka bekocht worden. Was spricht also gegen einen Aufenthalt auf meinem Lieblingssofa?

»Komm schon, Odette! Meine Menschen beißen nicht, das weißt du doch!«

»Gut, ich komme mit hoch.«

Kurz darauf liegen wir tatsächlich völlig ungestört auf meinem Lieblingssofa. Werner ist nämlich noch einmal in die Uni gefahren, Anna kauft ein und Babuschka und die Kinder sind auf dem Weg in den nächsten Copy-Shop, um das Fahndungsplakat zu kopieren. Dank der Katzenklappen in Haus- und Wohnungstür kann ich aber auch ohne menschliche Hilfe ein und aus gehen, wann ich will.

Die Wintersonne scheint durch das Wohnzimmerfenster genau auf das Sofa und taucht Odette, die direkt vor mir liegt, in ein goldenes Licht. Sie sieht einfach wunderschön aus und ich merke, wie mein kleines Herz bei diesem Anblick schneller schlägt. Ich stelle mir vor, wie Odette und ich tagsüber über eine Blumenwiese laufen und abends aneinandergekuschelt gemeinsam in einem Körbchen einschlafen. Oder wie wir zusammen an einem Bachlauf nach Forellen fischen und …

»Winston?« Odette gibt mir mit ihrer Tatze einen Stups. »Träumst du?«

»Äh, was? Ich? Nee, ich habe nur gerade ... äh ... nachgedacht, wie ich ... ähm ... wie wir ...« Ach du liebes Katzenklo! Was für ein Gestammel! Ich klinge ja schon fast wie Werner neulich. So wird Odette bestimmt nie mit mir über eine Blumenwiese laufen! Ich gebe mir einen Ruck.

»Ich habe nur gerade überlegt, was dir Schlimmes mit den Menschen passiert sein könnte.« Puh, gerade noch mal so die Kurve gekriegt!

Odette holt tief Luft. »Es ist so: Ich war nicht immer die Streunerin, als die du mich kennengelernt hast. Früher hatte ich auch ein liebevolles Frauchen, wohnte in einem schönen Haus mit einem kuscheligen Sofa und einem gut gefüllten Fressnapf. Ich habe sogar einen richtigen Stammbaum und stamme aus einer berühmten Katzenzucht.«

MIAUUUU! Ich wusste es: Odette ist eine echte Dame! Schon als ich sie das erste Mal sah, habe ich erkannt, dass in ihr mehr steckt als eine herumstromernde Hofkatze. Ich, Winston Churchill, habe für so etwas nämlich einen Blick!

»Ich war auch nicht die einzige Katze bei meinem Frauchen. Es gab noch eine andere Samtpfote: meine Freundin Rosie. Wir beide hatten so ein schönes Leben! Unser Zweibeiner war eine ältere Dame. Wir waren ihre ganze Freude und wurden gehegt und gepflegt.« Odette macht eine Pause und scheint diesen glücklichen Zeiten nachzuhängen.

»Und dann?«, erkundige ich mich.

Odettes Blick verfinstert sich. »Dann wurde unser Frauchen sehr krank. Es ging ihr von Tag zu Tag schlechter, sie konnte ihr Bett fast gar nicht mehr verlassen. Also haben wir uns auf ihre Decke gelegt, um ihr Gesellschaft zu leisten. In dieser Zeit kam auch immer häufiger eine junge Frau zu Besuch, die Nichte der alten Dame. Sie hat dann eingekauft und ihr auch mal etwas aus der Zeitung vorgelesen. Sie hat sogar mit uns gespielt, wenn unser Frauchen dabei zugesehen hat.«

Ich kratze mich mit einer Tatze nachdenklich hinter dem Ohr. »Also, bis jetzt klingt das eigentlich eher so, als hättest du in der Vergangenheit nur mit netten Menschen zu tun gehabt.«

Odette schüttelt den Kopf. »Nee, wart's mal ab, Winston. So schön ist es leider nicht geblieben. Rosie und ich haben nämlich irgendwann gemerkt, dass die Nichte gar nicht so nett war, wie sie immer getan hat. Manchmal stand sie im Garten und hat telefoniert. Mit ihrem Freund, der auch ab und zu mal da war.«

Ich lege den Kopf schief. »Nun ja, Menschen, und insbesondere Frauen, telefonieren eben gern. Das ist zwar oft sehr lästig, aber ich glaube, ein Zeichen von Charakterschwäche ist es noch nicht so direkt.«

»Das meine ich doch nicht!« Maunz, nun klingt Odette aber sehr fauchig. »Ich weiß, dass die meisten Frauen gern telefonieren. Ich bin ja nicht blöd. Es geht darum, *was* sie am Telefon gesagt hat. Dass sie nämlich glaube, dass sie das ganze Geld meines Frauchens erben würde, wenn sie sich jetzt noch ein bisschen um sie kümmere. Und dass sie eigentlich richtig genervt von den Geschichten sei, die die alte Dame immer erzähle, aber dass sie das jetzt noch durchhalten müsse.«

»Was ist denn *erben*?«, will ich von Odette wissen.

»Na, ich glaube, bei den Menschen ist es so: Wenn einer von ihnen stirbt, dann bekommt ein anderer seine Sachen. Und das nennt man dann *erben*.«

»Ja, aber wieso muss man denn vorher nett zu demjenigen sein, der stirbt? Ich meine, der ist doch dann tot und kann mit den Sachen sowieso nix mehr anfangen, geschweige denn bestimmen, wer die Sachen bekommt.«

Obwohl sie eben noch so traurig aussah, muss Odette nun kichern. »Nein, das bestimmen die Menschen natürlich bevor sie sterben. Also wenn sie noch leben, sagen sie, wer später ihre Sachen bekommen soll.«

Ich bleibe skeptisch. »Und das funktioniert? Das können die doch dann gar nicht mehr kontrollieren. Was, wenn sich da niemand dran hält?«

»Doch, doch, Winston. Das funktioniert. Die Zweibeiner schreiben das vorher auf, das nennt man Testament. Und an dieses Testament müssen sich alle halten. Und wenn sich da einer nicht dran hält, dann können die anderen Menschen ihm richtig Stress machen.«

»Aha. Seltsames Konstrukt. Ich würde immer denken, wenn ich erst mal beim großen Katzengott im Katzenhimmel angekommen bin, ist mir eigentlich egal, wer dann auf meinem Kratzbaum sitzt.«

Odettes Schwanz zuckt hin und her. »Ja, du bist ja auch ein Kater. Menschen sind da eben anders. Die hängen doch sowieso immer sehr an ihren Sachen. Na, jedenfalls ist es dann natürlich wichtig, zu jemandem besonders nett zu sein, wenn man seine Sachen haben will, verstehst du?«

Ich maunze zustimmend. »Klar. Das habe ich jetzt kapiert. Und du meinst, die Nichte war nur nett zu deinem Frauchen, weil sie etwas erben wollte.«

»Ganz genau. Und sie ist immer heimlich im Haus herumgelaufen, wenn sie glaubte, dass mein armes Frauchen das nicht merken würde, und hat die Räume vermessen. Da schwante Rosie und mir schon Böses und wir haben beide gehofft, dass es unserem Frauchen bald wieder besser geht.«

»Und?«

»Nix *und*. Leider ging es unserem Frauchen gar nicht besser und eines Tages ist es dann gestorben. Und wir waren auf einmal allein mit der Nichte.«

»Und die war plötzlich nicht mehr so nett, richtig?«

»Richtig. Die war plötzlich überhaupt nicht mehr nett. Gespielt hat sie nicht mehr mit uns und auch zu fressen gab es fortan sehr wenig und sowieso nur Dosenfutter. Rosie und ich waren uns sicher: Die würde uns bald ins Tierheim geben, damit sie ohne uns und nur mit ihrem Freund in dem großen Haus wohnen kann.«

»Oh je, ins Tierheim? Wie schrecklich!«

Odette schüttelt den Kopf. »Nein, es kam noch schrecklicher. Eines Tages kam die Nichte nach Hause und hat getobt vor Wut. Sie hat uns angeschrien und beschimpft und mit Sachen nach uns geworfen. Wir haben es überhaupt nicht verstanden und waren ganz eingeschüchtert – wir hatten doch gar nichts Böses gemacht! Jedenfalls hat sie uns irgendwann beide gepackt und in eine Metallbox gesetzt, auf die sie einen Deckel gemacht und festgeklebt hat. Da drin war es stockfinster, Rosie und ich hatten große Angst.«

»Nein!« Ich bin entsetzt. Warum machen Menschen so etwas?

»Doch. Aber das war immer noch nicht das Schlimmste.«

»Maunz! Du liebes Katzenklo – was ist denn dann noch passiert?«

»Sie hat den Metallkasten in ein Auto gestellt und ist mit uns weggefahren. Weit weg, es hat richtig lange gedauert. Als wir endlich angehalten haben, hat sie die Box mit uns aus dem Auto getragen und uns dann abgestellt.«

»Und … und dann?«

»Dann ist sie einfach wieder gefahren.«

»Momentchen mal! Sie ist einfach ohne euch wieder weggefahren?«

»Exakt. Wir saßen mutterseelenallein in der Box. Ohne etwas zu fressen. Und ohne einen einzigen Schluck Wasser. In diesem Augenblick war uns klar, dass uns ein böses Ende erwartet. In einer kalten, dunklen Metallbox.«

Es läuft mir eiskalt den Rücken hinunter und ich merke, wie sich alle meine Haare von der Schwanzspitze bis zum Nacken aufstellen. Wie können Menschen nur so etwas Grausames machen?

»Aber dann passierte Folgendes: Nach einer gefühlten Ewigkeit hörte ich auf einmal ein Geräusch und wir –«

»Na, ihr beiden Turteltäubchen, seid ihr startklar?« Kira taucht mit einem Stapel Zettel unter dem Arm im Wohnzimmer auf. »Wir haben unser Plakat jetzt fünfzig Mal kopiert – Winston, du willst doch bestimmt dabei sein, wenn wir es überall aufhängen, oder?«

Odette wirft mir einen Blick zu. »Ich erzähl dir die Geschichte ein anderes Mal zu Ende. Geh du mal lieber Plakate kleben.« Dann springt sie vom Sofa.

Oh nein! Ich muss doch unbedingt wissen, wie es weitergeht!

Eine böse Frau. Oder ein böser Mann?

Missmutig stapfe ich hinter Kira durch den Schnee. Wie viele Zettel wir schon aufgehängt haben? Ich weiß es nicht. Irgendwann nach dem dreißigsten Baum habe ich aufgehört mitzuzählen. Natürlich – wir wollen den Katzenhasser fangen, und da ist diese Aktion der Kinder sicherlich sinnvoll, und klar: Es ist toll, dass ich Teil des Teams bin. Aber in diesem Moment würde ich viel lieber auf dem Sofa liegen und erfahren, wie Odettes Geschichte weitergeht. Irgendjemand muss Odette und Rosie schließlich aus der Box befreit haben – dem Katzengott sei Dank!

»Hallo! Ihr Kinder!« Ein älterer Herr mit Bart ruft uns von der gegenüberliegenden Straßenseite hinterher.

Kira dreht sich um. »Ja?«

»Ich habe gerade euren Zettel gelesen. Wartet mal!« Er kommt zu uns herübergelaufen. Neugierig betrachte ich ihn. Er trägt eine Pudelmütze und eine dicke Jacke, um den Hals hat er einen langen Schal gewickelt. Sofort merke ich, dass mir selbst auch wieder sehr kalt ist. Maunz! Ich will nach Hause! Ich hasse den Winter!

Als der Mann vor uns stehen bleibt, kann ich sehen, dass sich in seinem Bart kleine Eiskristalle gebildet haben. Heilige Ölsardine! Wahrscheinlich ist mein Fell auch schon gefroren!

»Also, ihr wollt doch wissen, ob jemand etwas Verdächtiges gesehen hat, richtig?«

Die Kinder nicken.

»Ja«, sagt Tom.

»Okay, also ich habe vorgestern tatsächlich eine Frau gesehen, die aus einer Butterbrotdose kleine Häppchen auf den Fußweg gelegt hat. Meist an Bäume oder Hausecken. Ich habe mir zuerst nichts dabei gedacht. Habe geglaubt, dass das vielleicht Vogelfutter sei oder so. Aber dann habe ich genauer hingeschaut – und ich glaube, es war Fisch! Ölsardinen! Richtig eklig!«

Ich schaue erstaunt zu dem Mann hoch. Wieso eklig? Lecker! Vielleicht nicht unbedingt Vogelfutter, aber lecker!

Kira, Tom und Pauli scheinen aber sofort zu verstehen, worauf der Mann hinauswill. Sie schnappen fast gleichzeitig nach Luft, dann ruft Pauli: »Ölsardinen! Na klar! Das waren bestimmt die vergifteten Köder!«

Mensch, ich blöder Kater! Na klar, jetzt fällt auch bei mir der Groschen! Das waren die Köder! Dieser Mann hat den Katzenhasser gesehen. Oder vielmehr: die Katzenhasserin. Schließlich hat er von einer Frau gesprochen.

»Und was ist dann passiert?«, will Kira wissen.

Der Mann zuckt mit den Schultern. »Na, nichts. Ich habe erst noch überlegt, die Fischstückchen einzusammeln und in den Müll zu schmeißen, aber ich war ziemlich in Eile und hatte auch kein Taschentuch oder Ähnliches dabei, um die öligen Dinger einzuwickeln. Und den Geruch wollte ich dann doch nicht an den Fingern haben.«

Pöh! Menschen wissen einfach nicht, was gut riecht! Aber davon mal ganz abgesehen – wenn der Mann unsere Täterin noch vor zwei Tagen hier in der Gegend gesehen hat, dann sind wir ihr tatsächlich ganz dicht auf den Fersen! Dann müsste es eigentlich ein Kinderspiel sein, diese fiese Person dingfest zu machen!

»Können Sie uns beschreiben, wie die Frau aussah?« Tom hat schon Stift und Block gezückt.

Der ältere Herr zuckt mit den Schultern. »Eine Frau eben. Noch jünger, würde ich sagen. Aber sicher bin ich mir da nicht. Im Winter sind alle immer so dick angezogen – man erkennt die Leute gar nicht richtig.«

Tom kritzelt los. »Haarfarbe vielleicht?«

Kopfschütteln.

»Nein, ich meine mich zu erinnern, dass die Dame eine Mütze trug. Tut mir leid, mehr fällt mir dazu nicht ein. Falls doch, melde ich mich bei euch. Ich habe mir eure Telefonnummer notiert. Ich hoffe, ihr habt Erfolg! Die armen Tiere! So eine Sauerei!«

Er nickt uns kurz zu, dann geht er wieder auf die andere Straßenseite.

Kira, Tom und Pauli stecken ihre Köpfe zusammen.

»Gut. Wir wissen jetzt, dass wir nach einer Frau suchen. Das ist immerhin schon mal was«, sagt Pauli. »Wenn man bedenkt, dass wir die Zettel gerade erst aufgehängt haben, finde ich das ein super Ergebnis!«

»Na ja, falls die Ölsardinen wirklich vergiftet waren«, wirft Tom ein. »Bisher wissen wir nur, dass eine Frau irgendetwas verteilt hat. Vielleicht wollte sie aber auch nur armen Tieren über den Winter helfen. Also ich würde sagen, wir haben einen *Anfangsverdacht*.«

Die anderen beiden nicken. Da klingelt es in Kiras Jackentasche.

»Das neue Handy!«, ruft sie aufgeregt und nestelt es hervor. Heilige Ölsardine, das kann nur bedeuten, dass sich noch jemand auf den Fahndungsaufruf meldet, denn die Nummer dieses Handys steht nur auf den Plakaten und sonst nirgendwo!

»Hallo, hier ist Kira!«, meldet sich meine Freundin.

»Schalt mal auf laut«, zischt ihr Pauli zu und schnell drückt Kira auf eine Taste an dem neuen Handy.

Am anderen Ende der Leitung ertönt eine Mädchenstimme. »Hallo, hier ist Arzu. Ich rufe wegen des Tierquälers an. Ich glaube, ich habe ihn gesehen.«

Ihn? Ich denke, wir suchen mittlerweile eine Frau! Auch meine zweibeinigen Mit-Detektive gucken erstaunt.

»Also, bei uns in der Straße hat neulich so ein Typ Leberwurststücke ausgelegt.«

»Ein Typ? Also ganz sicher ein Mann?«, erkundigt sich Kira.

»Ja, ganz sicher ein Mann. Ich habe vom Balkon aus gesehen, wie er irgendwas in den Grünstreifen geworfen hat.

Ich bin dann runter und habe mir die Stücke mal genauer angesehen, weil ich das schon komisch fand. Und es war Leberwurst, gemischt mit so bunten Körnern. Ich habe ein Stück aufgehoben und es meinem Vater gezeigt. Der meinte, das sei Schneckenkorn und giftig.«

Kira schnappt nach Luft. »Seht ihr! Es ist eben kein Gerücht! Die Stücke waren tatsächlich vergiftet! Den irren Tierquäler gibt es wirklich! Habt ihr das der Polizei gemeldet, Arzu?«

»Ja, haben wir. Die meinten, sie würden das notieren und sich drum kümmern. Später kam ein Streifenwagen vorbei und die Polizisten haben sich den Grünstreifen angeguckt und notiert, was ich gesehen habe. Die restlichen Wurststücke haben sie auch eingesammelt.«

»Und dann?«

»Wie?«

»Na, habt ihr noch mal was von der Polizei gehört?«, fragt Kira noch einmal nach.

»Nee, leider nicht. Seitdem passe ich nur sehr gut auf unseren Dackel auf. Es wäre schrecklich, wenn ihm etwas passieren würde!«

Jetzt mischt sich Tom ein. »Hallo, Arzu, hier spricht Tom, ich bin ein Kumpel von Kira. Kannst du mir den Mann näher beschreiben?«

»Hm. Schwierig. Ich stand ja auf dem Balkon und der Kerl war schon ein Stück weit weg. Aber ich würde sagen, er war so mittelalt. Und hatte vielleicht einen Bart. Mehr ist mir nicht aufgefallen.«

»Okay, danke! Falls dir noch was einfällt, einfach anrufen.«

»Mach ich, tschüss!«

Tom kritzelt wieder etwas auf seinen Zettel, dann seufzt er, kratzt sich am Kopf und schaut in die Runde. »Gut. Wir suchen also nach einer Frau, die aber auch ein Mann sein könnte. Das kann ja heiter werden!«

Kira und Pauli nicken, ich beschränke mich auf ein ratloses Maunzen. Ein Mann, eine Frau – zwei Zeugen, zwei unterschiedliche Meinungen. Die ersten Hinweise bringen leider mehr Verwirrung als Klarheit. Sooo einfach, wie ich mir das vorgestellt habe, lässt sich der Katzenquäler wohl doch nicht fangen.

»Also, ich schlage Folgendes vor«, meldet sich Pauli zu Wort. »Wir trinken jetzt erst mal irgendwo eine heiße Schokolade und überlegen dann weiter. Ich merke nämlich gerade, wie meine Gehirnzellen einfrieren. Und das ist gar nicht gut für die Verbrecherjagd!«

Im Bistro von Sandro ist es warm und gemütlich. Kira, die Sandro von gelegentlichen Ausflügen mit Werner und Anna kennt, hat vorgeschlagen, Paulis Gehirnzellen gleich hier aufzutauen, weil wir auf dem Rückweg von unserer Plakatierungsaktion sowieso direkt an dem Laden vorbeigekommen sind. Nun lümmeln die Kinder an einem Tisch und schlürfen heiße Schokolade mit Schlagsahne. Bei dieser Kälte ist das vermutlich eine echte Weltklasse-Idee, allerdings würde mich viel mehr interessieren, was der gute Sandro für einen durchgefrorenen Kater im Angebot hat. Maunzend streiche ich um seine Beine.

Er schaut zu mir herunter. »Ah, *il gatto nero* iste wiederrr da! Iste dir auch kalt?«

Ich schnurre, was das Zeug hält.

»Hm. Ich glaube, heiße Milch ist nicht gut für Katerrr. Aber vielleicht etwas zu essen für dich, *amico mio*?«

Schnurr, schnurr, SCHNURR! Dieser Mann weiß, was Katzen wünschen!

»*Alora*, vielleicht ein bisschen Vitello Tonnato?«

Ich zucke zusammen. War das nicht das Zeug, das ich neulich gefressen habe, bevor ich so furchtbare Bauchkrämpfe bekommen habe? Andererseits – das war schon verdammt lecker und Werner war sich doch sicher, dass die Bauchschmerzen eher mit den Kindern von Beate zu tun hatten.

Sandro stellt mir ein Schälchen mit Kalbfleisch und Thunfischsoße direkt vor mein Feinschmeckernäschen. Es riecht einfach göttlich! Ich kann nicht widerstehen und nehme einen kleinen Happs. Miau! Und wie köstlich das erst schmeckt! Gierig schlinge ich auch den Rest hinunter. Etwas so Leckeres kann niemals giftig sein!

Sandro lacht, dann füllt er mir noch etwas in das kleine Porzellanschälchen und ich putze auch diese Portion restlos weg. Ich glaube, an die italienische Küche kann ich mich gewöhnen! Vielleicht könnte sich Babuschka mal ein italienisches Kochbuch anschaffen? Ich überlege kurz, wie ich ihr diesen Gedanken nahebringen könnte, verwerfe ihn aber gleich wieder. Wer auch immer Babuschka das Gefühl gibt, dass er mit ihren zweifelsohne grandiosen Kochkünsten nicht zufrieden ist, spielt wahrscheinlich mit seinem Leben …

Ein Albtraum wiederholt sich.

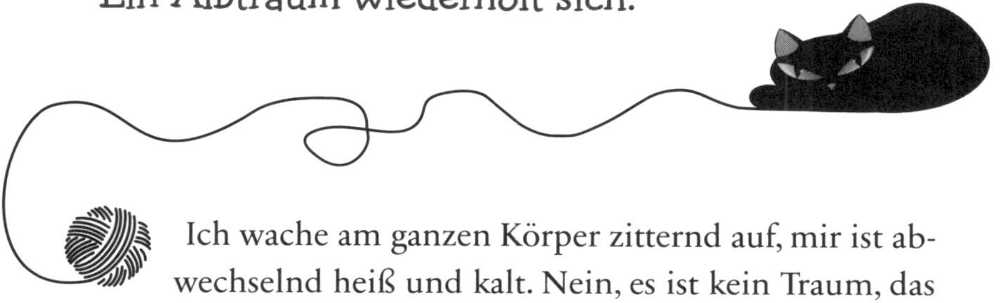

Ich wache am ganzen Körper zitternd auf, mir ist abwechselnd heiß und kalt. Nein, es ist kein Traum, das weiß ich diesmal sofort! Es sind leider sehr echte und sehr schlimme Bauchkrämpfe! Ach du liebes Katzenklo – das Vitello Tonnato war doch vergiftet! Ich rapple mich aus meinem Körbchen hoch und will wieder zu Kira laufen. Aber der Boden schwankt so stark, dass ich kaum einen Schritt vor den anderen setzen kann. Gleichzeitig habe ich das Gefühl, dass die Wände des Flurs näher kommen und mich zu zerquetschen drohen – mit anderen Worten: Es ist die Hölle!

Irgendwann gelingt es mir aber doch, mich in Kiras Zimmer zu schleichen, und wenigstens mit einer Sache habe ich nun Glück: Kira schläft noch nicht, sondern liest ein Buch. Als ich verzweifelt maunze, bemerkt sie mich sofort.

»Ach du Schreck, Winston! Was ist denn mit dir los? Du siehst ja furchtbar aus und du zitterst!« Sie springt aus ihrem Bett auf und nimmt mich auf den Arm. Beruhigend streicht sie mir über Kopf und Flanken, dann schaut sie mich ernst an. »Und Herzrasen hast du auch! Ich fürchte, jetzt muss ich doch mal den Erwachsenen Bescheid sagen, auch wenn du nicht so gern zum Tierarzt gehst!«

Matt lasse ich das Köpfchen hängen, bevor mich ein weiterer Krampf regelrecht durchschüttelt. Mir ist jetzt alles recht, Hauptsache, diese Schmerzen hören endlich auf.

Kira legt mich auf ihr Bett, dann saust sie aus dem Zimmer und kommt kurze Zeit später mit Anna im Schlepptau wieder. »Guck mal, Mama, wie schlecht es Winston geht! Das war neulich schon mal so, aber jetzt ist es noch viel schlimmer. Ich glaube, er ist sehr, sehr krank und braucht dringend Hilfe!«

Anna setzt sich neben mich auf die Bettkante und fährt mir vorsichtig mit der Hand über den Kopf. »Winston, du siehst erbarmungswürdig aus! Und wie du zitterst! Ich fürchte, wir müssen in ein Krankenhaus. Ich hoffe, es gibt so etwas auch für Katzen. Werner weiß das sicher, ich frage ihn.«

Es dauert keine dreißig Sekunden, dann steht in Person von Werner mein nächster Mitbewohner an meinem Krankenlager. »Ach du Schreck! Mein Katerchen, was hast du denn?«

Kira zuckt mit den Schultern. »Ich weiß auch nicht – am Sonntag ging es Winston auch schon so schlecht. Da habe ich erst überlegt, ob er vielleicht so einen Giftköder gefressen haben könnte. Aber heute waren wir den ganzen Tag zusammen und ich bin mir sicher, dass er nichts gefressen hat, was auf der Straße lag. Außerdem habe ich ihn ganz ausdrücklich vor dem Katzenhasser gewarnt. Er weiß, dass er nichts fressen soll, was draußen rumliegt.«

Aus den Augenwinkeln kann ich sehen, dass Anna und Werner sich zunicken und trotz des Ernstes der Lage lächeln. Maunz, was für eine Frechheit! Die glauben tatsächlich nicht, dass ich meine beste Freundin Kira verstehen kann. Wenn ich nicht solche Schmerzen hätte, würde ich nun ganz dolle fauchen. So belasse ich es bei einem Wimmern.

Werner setzt sich neben Anna und streichelt mich ebenfalls. »Egal, was es ist. Ich rufe jetzt Frau Dr. Wilmes an.«

Anna schüttelt den Kopf. »Schau mal auf die Uhr! Es ist schon fast halb zehn. Die Praxis ist längst zu, da erreichst du mit Sicherheit keinen mehr. Ich hoffe, es gibt irgendwo einen tierärztlichen Notdienst oder eine Tierklinik!«

»Anna, vertrau mir! Ich habe die private Telefonnummer von Frau Dr. Wilmes. Ich werde sie zu Hause anrufen und sie bitten, noch einmal in die Praxis zu kommen. Es ist schließlich ein Notfall und sie kennt Winston gut.«

Heilige Ölsardine, endlich ein Lichtblick! Natürlich bin ich insgesamt überhaupt nicht gern beim Tierarzt – aber wenn schon Tierarzt, dann Frau Dr. Wilmes! Sie ist wirklich immer sehr reizend zu mir!

Aber anstatt sich mit mir zu freuen, wirft Anna Werner nun einen sehr seltsamen, sehr bösen Blick zu. »Warum hast du denn die private Telefonnummer von Frau Dr. Wilmes?«

Werner hebt die Hände. »Was spielt das denn für eine Rolle! Ich hab sie eben. Und das ist ganz offensichtlich auch gut so. Ich rufe sie jetzt an.«

* * *

Nun ist es also so weit. Unwiderruflich. Mein letztes Stündlein hat geschlagen. Und es schlägt nicht auf dem heimischen Sofa, meinem kuscheligen, sonnenbeschienenen Lieblingsplatz, im Kreise meiner Familie, die von mir Abschied nehmen will. Nein, es schlägt auf der kalten Platte des Untersuchungstisches von Tierärztin Dr. Wilmes.

Andererseits – lieber jetzt mein kurzes Katerleben aushauchen, als weiter leiden zu müssen. Ich habe mittlerweile so starke Bauchschmerzen, dass es mich regelrecht zerreißt. Werner Hagedorn, mein treuer zweibeiniger Kamerad, steht neben dem Tisch und streichelt mir beruhigend über den Kopf. Aber ich kann in seinem Gesicht lesen, dass er furchtbare Angst um mich hat. Auch meine beste Menschenfreundin Kira, die trotz der späten Stunde mitgekommen ist und mich die ganze Fahrt über auf ihrem Schoß gehalten und gestreichelt hat, kämpft mit den Tränen. So schlimm ist es also um mich bestellt, miau!

Als Frau Doktor versucht, mein Bäuchlein abzutasten, strample ich mich mit letzter Kraft aus ihren Händen frei, um dann völlig erschöpft auf der Seite liegen zu bleiben. Die Tierärztin nutzt die Gelegenheit und leuchtet mir mit einer Taschenlampe in die Augen. Dazu murmelt sie vor sich hin und ich meine, so etwas wie »Oje« oder »Oh weh« herauszuhören. Das wundert mich nicht. Ich weiß, dass ich dem Tod näher bin als dem Leben.

Schließlich räuspert sich Frau Dr. Wilmes. »Herr Professor Hagedorn«, sagt sie und ihre Stimme klingt dabei sehr ernst, »ich fürchte, Winston wurde vergiftet. Oder hat zumindest etwas gefressen, was für Katzen giftig ist. Die Pupillen sehen jedenfalls so aus, als hätte er Drogen verabreicht bekommen. Wir werden ihm nun den Magen auspumpen müssen. Ich hoffe, ich kann ihn noch retten.«

Bei Kira fließen nun wirklich die Tränen, auch Werner schnappt nach Luft.

Ich bin zu schwach, um zu reagieren. Wenn mich der gütige Katzengott nun heimholt, dann soll es wohl so sein. Wer hätte gedacht, dass es einmal so schnöde mit mir zu Ende geht! Dabei war doch vor ein paar Tagen noch alles in Ordnung und ich lag friedlich auf unserem schönen Sofa in der Hochallee 106a in Hamburg, während um mich herum die alljährliche Hagedorn'sche Familienfeier tobte. Hätte ich gewusst, dass dies mein letztes Fest und meine letzten Tage mit meinen Lieben sein würden, ich hätte sie mehr genossen. Aber dafür ist es nun leider zu spät. Leb wohl, du schöne Welt! Leb wohl, Hamburg, meine Perle!

»Ich gebe Winston nun etwas zur Beruhigung, dann wird er von dem ganzen Eingriff nicht viel mitbekommen.«

Kira reißt die Augen auf. »Sie meinen, eine Vollnarkose? Ich habe gehört, das soll sehr gefährlich für Katzen sein!«

Gütiger Katzengott! NEIN! Nicht auch noch das! Ich

will jetzt nicht noch mit gefährlichen Sachen gequält werden! Maunz, maunz, miaaauuuuu!

Frau Dr. Wilmes streicht mir sanft über den Kopf. »Keine Sorge, Winston! Das ist nicht gefährlich für dich. Nur ein kleiner Pikser, dann bekommst du einfach nicht mehr ganz so viel von der Behandlung mit. Ich verspreche dir, es tut gar nicht weh!«

Ich versuche noch, den Kopf zu heben, schaffe es aber nicht mehr. Dann kommt der kleine Pikser, von dem die Frau Doktor eben gesprochen hat – und dann versinkt die Welt um mich herum in einem dichten Nebel.

Gut, dass Katzen neun Leben haben! Und echte Freunde. Manchmal ist sogar ein Hund dabei.

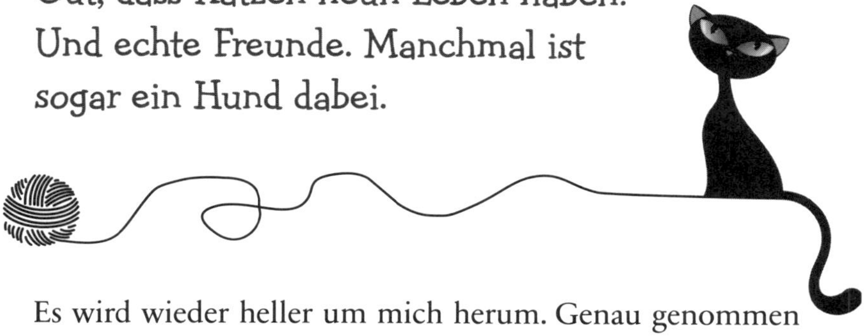

Es wird wieder heller um mich herum. Genau genommen sogar sehr hell. Geradezu gleißend! Ob ich schon im Katzenhimmel bin und gleich meinem Schöpfer gegenübertrete? Schnell überlege ich, ob ich in meinem viel zu kurzen Leben eher gesündigt oder Gutes getan habe. Vielleicht war ich ein bisschen eingebildet – aber alles in allem doch immer nett und hilfsbereit, oder? Vielleicht kriege ich ja als Belohnung eine riesige Portion Geflügelleber mit Petersilie! Schon beim Gedanken daran läuft mir das Wasser im Mäulchen zusammen. Oder bekomme ich nun mächtig Ärger und fliege gleich wieder aus dem Katzenhimmel raus?

Da nähert sich eine große, imposante Gestalt. Umgeben von einem hellen Lichtschein schreitet sie direkt auf mich zu. Heilige Ölsardine, jetzt wird es ernst!

»Winstooon! Wie gäht dir?«

Miau! Die Stimme des Katzengottes kommt mir erstaunlich bekannt vor.

»Hab ich gekocht Hafärrschleim fur dich. Wird dir bald besser gehän, armer Katerrrr!«

Der gütige Katzengott hat Haferschleim für mich gekocht und spricht mit russischem Akzent? Ich brauche ungefähr zehn Sekunden, um diese Information zu verarbeiten. Dann fällt es mir wie Schuppen von den Katzenaugen!

Erstens: Ich lebe noch! Zweitens: Babuschka steht neben mir. Drittens: Ich liege wieder zu Hause auf dem Sofa und die Sonne scheint durchs Fenster. Deshalb ist es hier so hell. Und weil Babuschka wie so häufig einen Pullover mit glitzernden Pailletten trägt, ist sie von einem Lichtschein umgeben. Jedenfalls wenn sie direkt vor dem Fenster steht.

Ein riesengroßer Stein fällt mir von meinem kleinen Katerherz. Hurra! Ich bin wieder zu Hause! Von meinen neun Katzenleben habe ich mindestens noch acht! Ich recke und strecke mich – tatsächlich, ich fühle mich zwar noch schwach, aber ich kann mich ohne größere Schmerzen wieder bewegen. Fantastisch! Heute ist ein schöner Tag!

»Komm, Katerrr, bring ich dich in Kuche!« Mit diesen Worten hebt mich Babuschka vorsichtig hoch und trägt mich in die Küche. Dort setzt sie mich ganz sanft auf dem Boden ab, fast, als würde sie fürchten, ich sei über Nacht zerbrechlich geworden. So viel Zärtlichkeit hätte ich ihr unter normalen Umständen gar nicht zugetraut. Wie heißt es bei den Zweibeinern so schön? Raue Schale, weicher Kern – das scheint bei Babuschka genau zuzutreffen.

Nun nimmt sie einen Topf vom Herd, füllt mit einer Kelle etwas in meinen Napf und schiebt diesen zu mir herüber. Ich schnuppere misstrauisch. Der Inhalt des Napfes sieht nicht gerade verlockend aus. Irgendwie ... sehr schleimig! Igitt! Eigentlich habe ich überhaupt keinen Appetit, geschweige denn Hunger, und drehe den Kopf zur Seite. Aber das will Babuschka offensichtlich nicht gelten lassen. Sie schiebt den Napf noch näher an mich heran und redet mir gut zu.

»Winstoon, du musst werden gesund und krräftig! Du musst doch helfen Kira und fangen den bosen Verbrecherrr! Komm, komm!«

Ich schnuppere noch einmal, dann fasse ich Mut und probiere den Schleim. Maunz. Eigentlich gar nicht so schlecht. Ganz weich und süßlich. Na gut, ein bisschen kann ich davon ruhig aufschlecken. Darüber freut sich Babuschka bestimmt!

In diesem Moment kommt Kira in die Küche. »Endlich, du bist wieder wach, Winston!«, begrüßt sie mich stürmisch und geht neben mir in die Knie.

»Kind!«, ermahnt sie Babuschka sofort. »Lass du Katärrr in Ruhe fressen!«

»Klar, mach ich! Ich bin nur sooooo froh! Ich habe mir solche Sorgen gemacht! Und Tom und Pauli natürlich auch. Die wären am liebsten nach der Schule gleich mit mir nach Hause gekommen, aber ich habe ihnen gesagt, dass es für Besuch vielleicht noch ein bisschen früh ist.«

Ich nicke und schnurre. Kira hat recht. Ich bin gerade ganz froh, mit ihr und Babuschka allein zu sein.

»Eine Ausnahme habe ich aber doch gemacht und jemanden mitgebracht. Dieser Jemand wartet im Wohnzimmer auf dich.«

Neugierig drehe ich den Kopf in Richtung Küchentür, dann werfe ich Kira einen fragenden Blick zu. Nanu, wer kann das denn sein? Auch Babuschka scheint es nicht zu wissen, sie schaut Kira genauso ratlos an wie ich.

Kira lacht. »Komm, Winston. Ich trage dich zu deinem Besuch rüber.«

Wir sind noch nicht ganz durch die Wohnzimmertür, da kann ich schon sehen, wer auf dem Sofa sitzt: Odette! Meine Odette!

Vor Freude würde ich am liebsten sofort von Kiras Arm hüpfen und zu Odette hinüberrennen. Aber in meinem momentanen Zustand käme ich wahrscheinlich keinen Meter weit und würde jämmerlich auf dem Teppich zusammenbrechen. Ein sehr unheldenhafter Anblick, den ich Odette auf keinen Fall zumuten möchte!

Stattdessen kommt Odette mir entgegengesprungen, und sie scheint es genauso eilig zu haben wie ich! »Hey, Winston! Was machst du denn für Sachen? Kira hat mir erzählt, wie schlecht es dir geht. Hast du etwa so einen Köder gefressen? Das hätte ich nun wirklich nur dem fetten Spike zugetraut!« Sie bleibt vor Kira sitzen und schnurrt mich an.

»Nein, ich habe natürlich keinen Köder gefressen. Ich muss woanders vergiftet worden sein. Gott sei Dank haut einen Winston Churchill so schnell nichts von den Pfoten, ich bin schon wieder fast der Alte.«

Odette mustert mich. »Hm, ich finde eher, du siehst noch sehr angeschlagen aus, du Armer!«

Nun beugt sich Kira zu Odette hinunter, sodass wir uns

direkt Schnauze an Schnauze anschauen können. Ich mag es mir einbilden, weil ich in der Tat noch etwas schwächlich bin – aber ich meine, in Odettes Blick etwas sehr Liebevolles zu sehen. Maunz! Da geht es mir doch gleich tausend Prozent besser!

»So, genug beschnuppert, husch auf das Sofa, mein armer kranker Kater«, beschließt Kira fröhlich und trägt mich auf meinen Lieblingsplatz. »Komm, Odette, leg dich ruhig daneben. Winston kann nach dieser schrecklichen Nacht bestimmt etwas Ablenkung vertragen, richtig?«

Ich schnurre laut und vernehmlich. Odette macht einen Satz und legt sich neben mich.

»Und wenn ich mit dem Mittagessen und den Hausaufgaben fertig bin, Winston«, kündigt Kira an, »dann müssen wir mal überlegen, wie du an dieses verfluchte Gift gekommen bist. Ich werde das Gefühl nicht los, dass hier nicht nur *ein* Giftmischer unterwegs ist. Und das gefällt mir überhaupt nicht!«

»Ich kann dir nicht sagen, wie lange wir in der Box hockten, Rosie und ich.« Odette liegt neben mir auf dem Sofa und erzählt mir, wie die schlimme Geschichte aus ihrer Vergangenheit weitergegangen ist. Und obwohl mir auch gerade etwas Böses zugestoßen ist, habe ich das Gefühl, dass mein verdorbener Magen längst nicht so furchtbar war wie das, was Odette erlebt hat.

»Irgendwann hatten wir jegliches Zeitgefühl verloren. Wie viele Tage und Nächte wir so verbracht haben – ich weiß es nicht. Wir hatten großen Hunger, aber am grausamsten war der Durst. Was hätten wir für ein paar Regentropfen gegeben! Aber wir kamen nicht einmal an das kleinste Tröpfen, selbst als es regelrecht schüttete und der Regen nur so auf das Dach der Box trommelte. Manchmal glaubten wir, Schritte gehört zu haben. Und dann miauten wir, so laut wir nur konnten. Aber nichts passierte.«

Es schaudert mich. Und es ist sehr gut zu wissen, dass Odette und Rosie irgendwie gerettet worden sein *müssen*, denn sonst könnte ich mir diese Geschichte überhaupt nicht anhören.

»Rosie war irgendwann so schwach, dass sie sich einfach auf dem Boden der Box zusammengerollt und geschlafen hat. Wir hatten uns natürlich vorher gegenseitig Mut gemacht, aber nun verließen sie die Kräfte. Ich fühlte mich schrecklich allein und schließlich habe ich mich auch hingelegt.«

Odette holt tief Luft. »Ich hatte mit dem Leben abgeschlossen.«

Wir schweigen beide eine Weile, dann fährt Odette fort. »Ich träumte von einem großen Hund, der an mir schnüffelte und mich fressen wollte. Und ich konnte nicht weglaufen, war wie gelähmt. Er rüttelte an mir und bellte und ich fauchte ihn an, konnte mich aber nicht bewegen – und fauchte und fauchte … und plötzlich wurde mir klar, dass das kein Traum war! Ein Hund stand neben unserer Box und rüttelte an ihr! Ich konnte ihn natürlich nicht sehen, aber ganz deutlich riechen. Und dann hatte ich die erlösende Idee: Ich erinnerte mich, dass Hunde doch praktisch nie ohne einen Menschen unterwegs sind. Und dass, wenn der Hund nicht irgendwann zurückkäme, sein Mensch bestimmt nach ihm suchen würde. Und dann würde er vielleicht auch die Box finden und uns entdecken!«

Ich nicke. »Ja, das klingt logisch. Und was hast du dann gemacht?«

»Ich habe all meine verbliebenen Kräfte zusammengenommen und miaut und gefaucht. Damit der Hund nicht wegläuft! Ich habe ihn also beschimpft und gehofft, dass er wütend wird und bleibt. Immerzu habe ich gefaucht ›Dreckskӧter, blöder!‹, ›Dummer Hund!‹, ›Alter Stinker!‹ und so weiter. Das hat erstaunlich gut funktioniert. Der Hund wurde richtig wütend auf mich und hat die Box immer weiter angeknurrt und versucht, sie zu öffnen.«

Ich bin beeindruckt! Selbst in größter Gefahr und am Ende ihrer Kraft ist Odette so unfassbar klug!

»Tja, und irgendwann hörte ich endlich, endlich einen Menschen rufen: ›Hasso, komm her! Hasso, wo steckst du?‹ Ich glaube, ich war noch nie so froh, eine menschliche Stimme zu hören!«

»Und was ist dann passiert?«

»Der Mensch kam tatsächlich bis zu unserer Box. Sein Hund hat Gott sei Dank weiter die Box angeknurrt, und deswegen hat der Mensch die Box schließlich genauer betrachtet – und dann versucht, den Deckel zu öffnen. Das war aber gar nicht so einfach, denn die böse Nichte hatte ihn mit einem Schloss verriegelt. Ich hatte schon Angst, der Mensch könnte aufgeben und uns einfach dort stehen lassen. Also habe ich noch einmal miaut und gefaucht. Und obwohl Menschen doch eigentlich sooo schlechte Ohren haben – das hat er gehört.«

Puh, was für einen Geschichte! Schon das bloße Zuhören sorgt bei mir für Herzrasen!

»Jedenfalls hat er dann laut gerufen – erst ›Oh mein Gott!‹ und dann nach einem zweiten Menschen: ›Karl, komm mal schnell! Und bring die Werkzeugkiste aus dem Auto mit! Ich habe hier etwas Schlimmes entdeckt!‹ Genau das waren seine Worte, ich werde sie nie vergessen.«

»Und dann?«

»Nach einer Weile hörte ich wieder Schritte. Und dann machte sich jemand gewaltig an der Box zu schaffen. Er rüttelte und schüttelte uns nur so durch. Und schließlich – öffnete sich der Deckel der Box und ich war völlig geblendet von dem hellen Licht da draußen. Und überglücklich!«

»Puh, das war wirklich in letzter Sekunde! Was für eine schreckliche Geschichte! Und wer hätte gedacht, dass man noch einmal einem Hund dankbar sein müsste!«

Odette nickt. »Du hast recht, wer hätte das gedacht? Aber ich hätte sowieso nie für möglich gehalten, dass Menschen Katzen so etwas antun würden!«

»Wie ging es dann weiter? Haben die Menschen euch mitgenommen? Und wie ging es Rosie?«

Odette überlegt kurz. »Die Menschen haben die Box mit

uns ins Auto getragen. Rosie hat immer noch keinen Ton von sich gegeben, aber ich konnte sie atmen hören. Sie war nur bewusstlos. Der eine Mann hat zu dem anderen gesagt, dass sie uns nun am besten ins Tierheim fahren sollten und dass dort bestimmt auch ein Tierarzt ist.« Odette lacht trocken. »Hätte früher die Kombination der Worte *Tierheim* und *Tierarzt* dazu geführt, dass ich vor Entsetzen gleich versucht hätte, aus dem Auto zu springen, war es nun regelrecht Musik in meinen Ohren.«

Ja, ich kann mir vorstellen, was Odette meint. Mir wäre es genauso gegangen.

»Leider war das Tierheim nicht die letzte Station meiner Odyssee«, seufzt Odette dann und legt den Kopf schief.

»Nein? Wie ging es dann weiter? Und was war mit Rosie? Komm schon, jetzt will ich auch alles wissen«, dränge ich Odette.

»Nee, Winston, den Rest erzähle ich dir, wenn …«

Hey! Wenn was? Ich bin neugierig!

»… wenn wir herausgefunden haben, warum es dir heute Nacht so schlecht ging. Ich glaube, deine Freundin Kira will jetzt nämlich genau das mit dir besprechen! Hatte sie eben doch schon angekündigt.«

Odette schnurrt ein Kichern – sie hat Kira offenbar entdeckt, bevor ich sie gesehen habe. Tatsächlich steht Kira nun direkt vorm Sofa und guckt mich erwartungsvoll an. So gern ich Kira mag – warum, zum Katzenklo, taucht sie immer genau dann auf, wenn eine Geschichte so richtig, richtig spannend ist?!

Vitello Tonnato.
Vitello Tonnato?
Vitello Tonnato!

»Du bist dir also ganz sicher und schwörst bei deinem geliebten Kratzbaum, dass du nichts von der Straße gefressen hast?«

Kira guckt mich sehr streng an, ich nicke und hebe die rechte Pfote. Das habe ich mal in so einer Fernsehsendung gesehen, in der Leute in einem Saal mit drei schwarz gekleideten Menschen standen. Denen mussten sie dann schwören, nur die Wahrheit zu sagen. Das Handgehebe hatte etwas enorm Ernstes und Feierliches, und deswegen mache ich das jetzt auch mal so.

Kira erkennt die Feierlichkeit allerdings überhaupt nicht, sondern lacht laut prustend los. Und auch Odette rollt sich fröhlich von einer Seite auf die andere und amüsiert sich bestens. Beleidigt senke ich meine Pfote wieder. Banausen!

»Gut, aber wo kannst du dann bloß an das Gift gekommen sein?«

Ich lege den Kopf schief. Darüber habe ich natürlich auch schon nachgedacht und für mich ist der Fall klar. Glasklar sogar: Es muss das Vitello Tonnato gewesen sein!

So gern ich Beate und ihren ungezogenen Gören alles Schlechte der Welt unterstelle: Ich glaube, an meinen Bauchschmerzen waren sie nicht schuld. Nein, es muss das Vitello Tonnato gewesen sein. Nur: Wie mache ich das Kira begreiflich?

Während ich noch darüber sinniere, wie ich wohl das Wort Vitello nachtanzen könnte oder ob ich nicht doch einen Stift in der Pfote halten könnte, kommt Kira schon von ganz allein darauf. »Okay, wenn ich so recht darüber nachdenke, dann hast du sowohl nach dem Adventskaffee als auch gestern etwas aus Sandros Küche gegessen. Nämlich dieses Thunfischzeugs. Und jedes Mal bist du danach krank geworden. Ha! Das ist es!« Ruft's – und saust aus dem Wohnzimmer.

Odette guckt mich fragend an. »Was für ein Thunfischzeugs?«

»Ach, das ist eine so ganz leckere Sache, die sich die Menschen ausgedacht haben: Braten mit Thunfischsoße. Gab's hier neulich, als die Verwandtschaft von Werner zu Besuch war und Anna und Babuschka nicht da waren und deshalb nichts gekocht hatten. Und genau das Gleiche habe ich gestern auch gefressen, als wir uns nach der Plakat-Aktion kurz in Sandros kleinem Restaurant aufgewärmt haben.«

Odette stutzt. »Plakat-Aktion? Was für eine Plakat-Aktion denn?«

Himmel, man merkt, dass Odette längere Zeit verschwunden war! Die hat ja gar nichts mitbekommen!

»Na, wegen des Katzenhassers! Davon habe ich euch

doch erzählt. Kira, Pauli und Tom sind auf die Idee gekommen, überall Zettel aufzuhängen, die vor dem Tierquäler warnen und auf denen eine Handynummer steht, unter der die Leute verdächtige Beobachtungen melden können.«

»Bei der Polizei?«

»Nein, bei uns.«

»*Bei uns*? Du kannst telefonieren?«

»Ja. Äh – nein! Also: Ich meine, die Leute können bei den Kindern anrufen, und ich sage *bei uns*, weil wir doch ein Team sind.«

»Ich finde nicht, dass Menschen und Tiere wirklich Teams bilden können.«

Heilige Ölsardine! Odette kann aber auch stur sein! Gut, ihre Geschichte, auch wenn ich sie immer noch nicht vollständig kenne, ist natürlich traurig – aber nicht alle Zweibeiner sind so! Meine zum Glück überhaupt nicht! Die würden mich niemals in einer Box irgendwo aussetzen.

Kira kommt zurück ins Wohnzimmer und hat Werner mitgebracht. »Werner, ich weiß jetzt, was vergiftet war!«

»Na, dann schieß mal los! Was war es denn?«, will Werner wissen.

»Diese Bratenscheiben mit Thunfischsoße, die Winston nach der Adventsfeier letzten Sonntag gefressen hat. Ganz sicher!«

Werner kratzt sich am Kopf. »Wie kommst du denn darauf? Das ist doch schon ein paar Tage her, dass wir gefeiert haben. Winstons Bauchschmerzen von heute Nacht können also nichts mit dem Vitello zu tun gehabt haben.«

Kira schüttelt den Kopf. »Nein, die meine ich auch gar nicht. Er hatte auch Sonntagnacht so schlimme Bauchschmerzen. Also, nicht ganz so schlimm wie heute Nacht. Aber immerhin so, dass er zu mir gelaufen kam und ich die ganze Nacht sein Bäuchlein kraulen musste. Und gestern hat er bei Sandro auch wieder Vitello Tonnato gefressen. Schon seltsam, oder?«

Werner reißt die Augen auf. »Das ist in der Tat seltsam. Und lässt wohl nur zwei Schlüsse zu: Entweder Winston ist allergisch gegen Thunfisch. Eine allergische Reaktion hätte Frau Dr. Wilmes aber bestimmt festgestellt. Die scheidet wohl aus. Dann aber bliebe nur noch eine andere Möglichkeit: Das Vitello war vergiftet, oder mindestens verdorben. Und zwar beide Male.«

Odette robbt näher an mich heran. »Was ist denn *allergisch*?«, will sie wissen.

Mein Schwanz zuckt hin und her, ich denke nach. »Ich glaube, das ist, wenn man etwas nicht gut verträgt. Dann frisst man es und fühlt sich schlecht, obwohl es vollkommen in Ordnung war. Oder zum Beispiel du und die Zweibeiner. Die meisten von ihnen sind total okay, aber du verträgst dich gerade gar nicht gut mit ihnen. Also bist du allergisch auf sie.«

»Aha.« Mehr sagt sie nicht dazu. Wahrscheinlich fand sie mein Beispiel mit den Zweibeinern doof.

»Und woher wissen wir, ob das Vitello schon beim letzten Mal nicht in Ordnung war?«, fragt Kira Werner.

Der überlegt kurz. »Also, ich hätte da so eine Idee. Sie erfordert von mir allerdings ein seeehr großes Opfer. Ein äußerst großes!« Er macht eine kleine Kunstpause.

»Nämlich?«, erkundigt sich Kira und ich bin ansatzweise empört, weil Werner für seinen treuen Kater Winston Churchill doch wohl kein Opfer zu groß sein dürfte!

»Na ja, ich habe nichts von dem Vitello probiert. Ich müsste also die anderen Gäste fragen, ob sie auch etwas davon gegessen haben. Immerhin war Winston ja nicht der Einzige, dem schlecht geworden ist. Aber um das herauszufinden, müsste ich meine Schwägerin Beate anrufen.«

Gut. Es gibt tatsächlich Opfer, die sind RIESENgroß.

Erst hat man kein Glück und dann kommt auch noch Pech dazu: Keine fünf Minuten, nachdem Werner Beate angerufen hat, sitzt sie auch schon bei uns auf dem Sofa. Sie war nämlich leider gerade in der Gegend und hat spontan beschlossen, mir mit ihren Kindern zusammen einen Krankenbesuch abzustatten.

Und so liege ich nun nicht mehr gemütlich auf dem Sofa, sondern in den Armen eines der beiden Zwillingsmädchen. Odette ist schlauerweise gleich abgehauen, als sie die Zwillinge erblickt hat. Aber ein halbvergifteter Kater ist eben nicht so schnell wie eine gesunde, gewitzte Katze.

Nun bin ich also das einzige Opfer der Kinder. Die scheinen davon überzeugt zu sein, dass Katzen es lieben, wenn man sie möglichst fest drückt. Ich jedenfalls werde nun beinahe im Würgegriff unablässig hin und her gewiegt. Dabei singt das Kind laut und schief (und darin ganz die Mutter): »Arme Katze, arme Katze«.

Hilfe! Aufhören!, möchte ich am liebsten laut rufen, denn mir ist schon ganz schwindelig von dem ganzen Geschaukel. Vielleicht rührt das Schwindelgefühl aber auch von dem Wortschwall her, der sich aus Beates Mund ergießt und der gar kein Ende finden will.

»Und du meinst wirklich, Werner, dass wir alle vergiftet worden sind? Von diesem Sandro? Das ist ja wirklich unerhört! Du musst sofort zur Polizei gehen. Zur Polizei, Werner! Hörst du?«

Werner seufzt gottergeben. Wahrscheinlich bereut er mittlerweile, Beate überhaupt gefragt zu haben, ob sie und ihre Familie am Sonntag auch etwas von dem Vitello Tonnato gegessen hatten. »Beate, ich werde erst einmal mit Sandro selbst sprechen. Ich kenne ihn seit mehr als zwanzig Jahren, da werde ich bestimmt nicht gleich zur Polizei rennen.«

Beate verzieht das Gesicht. »Was heißt denn hier *gleich*? Was muss denn noch passieren, bevor du endlich durchgreifst? Deine Nichten und Neffen sind vermutlich Opfer eines feigen Giftanschlags geworden! Aber du wolltest mir das am Montag ja nicht glauben. Da muss also erst deine Katze krank werden, damit du aktiv wirst. Schäm dich, Werner! Was bist du nur für ein Egozentriker geworden! Ich sag es ja immer wieder – du bist mittlerweile ein richtig verschrobener Junggeselle. Na, ist auch kein Wunder: Lebst hier seit Jahr und Tag allein mit einem Kater, da muss man doch wunderlich –«

»Moment mal«, unterbricht Werner Beates Endlos-Vortrag, »wir leben hier zu viert: Anna, ihre Tochter und ihre Mutter und ich.«

Beate schüttelt den Kopf. »*Die* zählen doch nicht. Ist ja schlimm genug, dass du deine Putzfrau und ihr Gör hier wohnen lässt, die nutzen deine Gutmütigkeit doch nur aus, aber du …«

Genau in diesem Moment kommt Anna ins Wohnzimmer, und an ihrem völlig entgeisterten Gesichtsausdruck kann ich sehen, dass sie alles genau gehört hat. Auweia! Ich würde sagen, jetzt ist die Sardine endgültig in den Brunnen gefallen!

Auch Werner scheint den Ernst der Lage erkannt zu haben, entsetzt starrt er erst Anna, dann Beate an. Ich winde mich endlich aus dem Würgegriff des kleinen Mädchens und hüpfe auf den Boden. Wenn hier gleich der Sturm losbricht, möchte ich mich wenigstens unter dem Sofa verstecken können.

Anna holt tief Luft, dann wendet sie sich an Werner. »Werner, sag es ihr!«

Beate guckt erstaunt. »Erst einmal einen schönen guten Tag, würde ich meinen! Was sollst du mir sagen, Werner?«

Aber mein Mitbewohner scheint die Sprache verloren zu haben. »Äh … ich … äh …«, mehr bringt er nicht heraus.

»Werner!«, ruft Anna scharf.

»Ähm«, er räuspert sich, »also, Beate, das ist nämlich so … äh …«

Jetzt reißt Anna der Geduldsfaden.

»Mir langt es! Wir hatten eine Abmachung, Werner. Du erinnerst dich? Heiligabend? Aber wenn du dich nicht daran halten und es deiner Schwägerin nicht sagen willst und ihr auch nicht von uns erzählen willst, dann ist für mich jetzt Schluss!«

Werner springt auf und läuft zu ihr.

»Aber Schatz!«

Beate fällt die Kinnlade runter. »*Schatz*? Werner, würdest du mir bitte erklären, was hier los ist?«

Werner überlegt kurz, dann legt er seinen Arm um Annas Schultern und blickt Beate fest in die Augen. »Anna ist meine Freundin, wir sind ein Paar. Und wir würden uns freuen, wenn wir Heiligabend diesmal mit der ganzen Familie bei uns zu Hause feiern würden.«

Ich überlege, wie man Beates Gesichtsausdruck beschreiben könnte. Ich glaube, *Gesichtsentgleisung* trifft es am besten.

Ein geheimnisvoller Brief. Und ein guter Plan. Achtung – beinhaltet eine kranke Großmutter!

Am Tag darauf geht es mir schon wieder viiieeel besser, und so beschließe ich mitzukommen, als Werner Sandro am frühen Nachmittag einen Besuch abstatten will. Vielleicht packt diesen Verbrecher ja das schlechte Gewissen, wenn er sein armes Opfer erblickt! Auch Kira ist mit von der Partie – niemand vergiftet ungestraft ihren Lieblingskater!

Sandro begrüßt uns freundlich, als wir zu dritt in seinen Laden rauschen. »Werner, *ciao! Come stai?*«

»Nicht so gut!«, knurrt Werner nur.

Sandro guckt ihn überrascht an, dann verfinstert sich sein Blick, als habe er eine leise Ahnung, was das Problem sein könnte. Kein Wunder, der alte Giftmischer wird wohl wissen, was er da angerichtet hat.

»Sandro, wir müssen reden. In deinem Laden stimmt etwas nicht. Genauer gesagt, mit deinem Vitello Tonnato. Ich glaube, es war vergiftet. Winston wäre vorgestern fast daran gestorben und hat die Nacht in der Tierklinik verbracht. Ich übrigens auch. Schön war das nicht!«

Betretenes Schweigen, Sandro blickt zu Boden.

»Ja, also, das tut mirrr echte leid! *Mi dispiace!* Aber warum verrrgiftet? War vielleicht verdorben, *no*?«

Werner schüttelt den Kopf. »Winston hat es zwei Mal gefressen. Unterschiedliche Portionen, verstehst du? Am letzten Sonntag und vorgestern. Sonntag hat es übrigens auch meine Schwägerin gegessen, auch sie wurde krank. Also: Was ist da bei dir los? Raus mit der Sprache!«

Sandro schluckt, dann legt er seinen Arm auf Werners Schulter und zieht ihn ein Stück zu sich heran.

»Lass uns nach hinten gehen in Bürrro. Ich musse dirrr etwas errzählen.«

Dann zieht er Werner hinter sich her, an dem Tresen mit der Kasse und der Vitrine mit den Speisen vorbei, vorbei auch an der Schwingtür, die wohl in die Küche führt. Kira und ich laufen einfach hinterher, bis wir schließlich in einem kleinen, fensterlosen Raum stehen, in dem sich nichts weiter als ein Schreibtisch, ein Telefon und ein Computer befinden.

Sandro schließt hinter uns die Tür, dann holt er tief Luft. »Werner, ich werrrde ärprässt! Jemand will mich ruinieren! Guckst du hier!«

Er öffnet die Schreibtischschublade, zieht mehrere Umschläge heraus und drückt sie Werner in die Hand. Der betrachtet sie zunächst etwas ratlos und holt dann aus einem Umschlag einen Zettel heraus und überfliegt ihn.

»Ach du grüne Neune!«, ruft er laut, dann bleibt ihm der Mund offen stehen und er verstummt.

Ich maunze Kira an: *Hey, nimm mich auf den Arm!* Von hier unten kann ich nämlich nicht sehen, was es mit dem Zettel auf sich hat. Meine Freundin versteht sofort, was ich will, und hebt mich hoch. Ich schaue auf das Blatt Papier, das Werner noch in Händen hält. Es ist nicht wirklich beschrieben, sondern beklebt. Mit Buchstaben, die offensichtlich jemand aus einer Zeitung ausgeschnitten hat.

So ein Schreiben habe ich doch schon mal irgendwo gesehen. Ich überlege kurz – richtig! Genau so sah der Brief der Erpresser aus, die Kiras Klassenkameradin Emilia entführt hatten. Das verwirrt mich sehr – ist hier etwa auch jemand entführt worden? Etwa der Koch von Sandro, was dazu geführt hat, dass er nun selbst kochen muss und deswegen gewissermaßen aus Versehen seine Gäste vergiftet?

Werner findet seine Sprache wieder. »Du wirst erpresst? Deine Gäste werden bedroht? Aber warum hast du mir das nicht erzählt? Wir sind doch Freunde!«

Sandro zuckt mit den Schultern und sieht sehr, sehr hilflos und traurig aus. Ich hingegen bin ratlos, denn ich konnte den Brief noch nicht lesen. Wie bekomme ich denn nun Kira dazu, sich mal das Blatt zu schnappen? Ganz vorsichtig, ja geradezu zart, kralle ich mich in ihren Unterarm. Vielleicht versteht sie diesen Hinweis.

»Aua, Winston! Spinnst du? Du ungezogener Kater, was fällt dir ein, mich so zu kratzen? Das tut weh!« Empört setzt mich Kira wieder auf dem Boden ab. Okay. Sie hat den zarten Hinweis wohl nicht verstanden. Ich maunze beleidigt. Sie ignoriert mich und reibt sich den Arm.

»Was ist denn passiert, Werner?«, will sie nun aber selbst wissen.

»Ich lese es kurz vor.« Gut, dann eben so. Irgendwie komme ich schon an meine Informationen!

»Also, hier steht:

**SANDRO, WENN DIR DAS LEBEN UND
DIE GESUNDHEIT DEINER GÄSTE WICHTIG IST:
50.000 EURO IN BAR. NÄCHSTEN SAMSTAG!
SONST WERDE ICH DEINE SPEISEN VERGIFTEN!!!
WEITERE INFORMATIONEN FOLGEN!!**

Kira schlägt erschrocken die Hände vor den Mund. Sandro nickt und ich bilde mir ein, in seinen Augenwinkeln Tränen zu sehen. Heilige Ölsardine – bis große Menschen weinen, muss wirklich einiges zusammenkommen!

»*Si, si – horribile!* Iste *grande* Katastroph! Ich weiß nicht weiter. Ich habe nix 50.000 Euro! Also habe ich nix gezahlt. Es gab noch ein Brief, dass ich soll legen das Geld in ein Tüte in ein Mülltonne in Hof, aber ich habe nix gemacht. Ich habe gehofft, dass iste nur slechte Spaß, aber als du haste errrzählt, dass *la tua famiglia* ist krank geworden, da habe ich schon Angst gehabt. Und jetzt mit *gatto nero*: *horribile! Veramente horribile!* Esse tut mirrr sooo leid!«

Werner schüttelt den Kopf. »Sandro, Sandro – du willst mir sagen, du wusstest, dass dich jemand erpresst, dass jemand mit einem Giftanschlag auf deine Gäste droht – und du hast nichts unternommen? Rein gar nichts? Stattdessen hast du gehofft, dass alles nur ein schlechter Scherz ist?«

»Na ja, ich habe alles grundlich kontrolliert. Und immer frisch gekauft und dann gut weggeschlossen in Schrank. Aber ich dachte, wenn ich sage Polizei, dann sie werden mein Ristorante schließen, *no*? Und iste gerade Weihnachtsgeschäft, wenn ich jetzt nicht viel Geld verrrdiene, dann ich bin pleite! Ist wichtigste Monat in ganze Jahrrr! *Capisce?*«

Capisce? Wer oder was ist das? Und wer oder was ist das *Weihnachtsgeschäft*? Wir hatten unter uns Katzen doch gerade geklärt, dass an Weihnachten die meisten Menschen die Geburt des Weltretters feiern. Das ist doch kein Geschäft – oder muss man da irgendwie für bezahlen? Also, so von wegen *Weltrettung nur gegen Vorkasse von fünfzig Euro*? Da kann ich als Kater doch nur den Kopf schütteln! Manchmal gehen mir die Zweibeiner gehörig auf die Schnurrhaare!

»Es nützt nichts, Sandro. Das Vitello war eindeutig vergiftet. Du rufst jetzt am besten die Polizei an und erzählst alles. Die werden schon wissen, was zu tun ist.«

»*No, no – prego!* Bitte nicht! Wenn erst mal Polizei ist in mein Ristorante, dann ist alles aus! Bestimmt!« Sandro klingt völlig verzweifelt.

Werner seufzt. »Ja, aber was willst du denn sonst machen? Warten, bis noch jemand zu Schaden kommt? Hast du irgendeinen Plan?«

Sandro schüttelt den Kopf und antwortet leise: »*No*, leider habe ich nicht.«

Da meldet sich Kira zu Wort. »*Wir* könnten doch versuchen, Sandro zu helfen. Immerhin haben wir schon richtige Kriminalfälle gelöst. Und das schneller, als die Polizei gucken konnte. Echt!«

»Das könntest du versuchen, kleine *signorina*?«, fragt Sandro und klingt dabei, als würde er ein klein wenig Hoffnung schöpfen. Kira nickt und lächelt, ich schnurre zur Bestätigung. Denn wo sie recht hat, hat sie recht. Wir waren wirklich schlauer, als die Polizei erlaubt. UND – bei meinen Samtpfoten – wir waren erfolgreich!

Nachdenklich kratzt sich Werner am Kinn. »Hm. Ich weiß nicht. Was ist, wenn in der Zwischenzeit noch mehr Leute krank werden?«

»Sandro könnte doch morgen unter einem Vorwand einen Tag sein Geschäft schließen. Und in der Zeit zeigt er uns mal, wie er sein Essen zubereitet. Vielleicht haben wir dann eine Idee, wie das Gift da reingekommen sein könnte. Und vor allem: welches Gift. Wir könnten uns alles ungestört ganz gründlich anschauen und einen Plan entwickeln, wie Sandro ohne Gefahr weiterarbeiten kann und wir versuchen, den oder die Erpresser zu schnappen.«

Zögerliches Nicken bei Sandro. »Ja, vielleicht iste nicht so schlechte Plan. Soll ich mein Kuchenhilfe holen und wir besprechen mit ihr?«

Energisch schüttelt Kira den Kopf.

»Nein, auf keinen Fall! Je weniger Leute davon wissen, desto besser! Wer weiß, ob man deiner Hilfe hundertprozentig trauen kann. Ich würde sagen, wir denken uns jetzt mal flott einen guten Grund für eine überraschende Schließung aus, und den sagst du dann auch der Küchenhilfe, okay?«

Tiefes Seufzen. »Ich vertraue Kuchenhilfe zwar *tausendprozentig*, aber wenn du meinst, kleine *signorina* …«

»Ja. Meine ich!«

»Werner, wasse meinste du?«, will Sandro nun von Werner wissen.

Der legt den Kopf schief. »Kira hat insofern recht, als dass sie tatsächlich schon ein paar Verbrechern das Handwerk gelegt hat. Unglaublich, aber wahr. Ich würde einen Kompromiss vorschlagen: Wenn es uns in den nächsten vier Tagen gelingt, etwas herauszufinden, dann lassen wir die Polizei da raus. Wenn wir danach aber immer noch im Trüben fischen, dann dürfen die Fachleute ran.«

»D'accordo!«, ruft Sandro, »Einverstanden! So maken wir!«

»Dann brauchen wir jetzt nur noch eine gute Ausrede, um den Laden ein, zwei Tage zu schließen«, meint Kira.

»Wie wäre mit *mia nonna*? Meine Oma? Ich sage, Krankheitsfall in *mia famiglia*. Meine Oma gehte sssährr, sssähr schlecht. Musse ich dringend besuchen, *no*?«

»Das ist eine super Idee, Sandro!«, ruft Kira. »Und dann stellen wir dein Restaurant einmal richtig auf den Kopf und suchen nach vergifteten Zutaten. Du zeigst uns genau, wo du einkaufst, wie du Sachen lagerst und wie du kochst. Vielleicht können wir hier auch irgendwie mit einer versteckten Kamera oder so etwas in der Richtung arbeiten.«

»Und woher willst du wissen, was von den Lebensmitteln hier vergiftet ist?«, erkundigt sich Werner skeptisch.

»Na, ganz einfach! Wir nehmen Proben von allen Sachen und dann kommt dein Part, Werner.«

»Mein Part?«

»Genau. Dann bittest du Frau Dr. Wilmes, ob sie Sachen ins Labor schicken oder selbst analysieren kann. Du scheinst sie doch besser zu kennen. Immerhin hast du ihre Privatnummer. So machen wir das.«

Werner runzelt die Stirn. »Also erstens: Bevor hier Gerüchte entstehen – ich kenne Frau Dr. Wilmes näher, weil ich ihrem Sohn vor zwei Jahren kurz vor dem Abitur mal einen Schnellkurs Physik verpasst habe. Er drohte nämlich durchzufallen. Seit der Zeit habe ich ihre private Telefonnummer. Mehr steckt nicht dahinter! Und zweitens: Die Idee mit den Proben ist ja grundsätzlich gut, aber wenn wir hier wirklich von allen Sachen Proben nehmen wollen, dauert die Analyse eine Ewigkeit und kostet ein Vermögen. Da können schnell mal pro Analyse ein paar Hundert Euro zusammenkommen, also insgesamt ein paar Tausend. Und abgesehen davon – selbst wenn wir dabei etwas finden, wissen wir immer noch nicht, wie das Zeug hierhergekommen ist.«

Kira legt den Kopf schief. »Hm, stimmt. So habe ich es noch gar nicht gesehen. Aber wir können doch auch nicht abwarten, bis noch mehr passiert!«

Werner nickt.

Kira macht einen neuen Vorschlag: »Wie wäre es denn, wenn Sandro seine Vorräte einmal radikal erneuert? Und dann stellen wir dem Erpresser eine Falle.«

Sandro hebt die Hände. »*Ma*, das iste sähr teuer!«

»Richtig, aber dann kannst du sichergehen, dass alles in Ordnung ist. Jetzt kannst du sowieso nicht für deine Gäste weiterkochen. Nachher passiert noch etwas Schlimmes.«

Maunz! Hallo, ihr Menschen! Es *ist* schon etwas Schlimmes passiert! Ein unschuldiger Kater musste sehr leiden! Aber das interessiert natürlich mal wieder keinen!

»Kira, das ist eine gute Idee!«, lobt Werner sie. »Aber wie könnte die Falle aussehen?«

»Sandro, kannst du irgendwie Kontakt zu dem Erpresser aufnehmen?«

Der überlegt kurz. »*Si!* Iche glaube schon. Hat er mir noch geschrieben eine andere Brief. *Momento.*«

Er nimmt einen weiteren Umschlag aus der Schublade und gibt ihn Werner. Der zieht den Brief heraus und liest laut vor.

WENN DU DAS GELD HAST, PACKE ES IN EINE PLASTIKTÜTE. GEH UM 12 UHR ZUM INNOCENTIA-PARK. WENN DU AM EINGANG BRAHMSALLEE EIN MÜLLAUTO SIEHST, SCHICKE MIR EINE SMS AN DIE NUMMER 0144 - 123 456 MIT DEM STICHWORT BEREIT. DANN ERHÄLTST DU WEITERE ANWEISUNGEN.

»Okay, vielleicht kann man den Erpresser wirklich unter dieser Nummer erreichen. Hast du da mal angerufen?«, will Werner von Sandro wissen. Der schüttelt den Kopf.

»*No.* Wozu? Ich ’abbe ja kein Geld. Also ’abbe ich nix gemacht.«

»Tja, wahrscheinlich wird das Handy auch nicht immer eingeschaltet sein, sonst könnte man es zu leicht orten. Aber ab und zu wird er schon mal draufgucken. Er will ja bestimmt wissen, ob Sandro noch irgendwie reagiert. Auf einen Versuch käme es also an …«

»Auf was für einen Versuch denn?«, fragen Werner und Sandro im Chor, dem ich mich auch angeschlossen hätte, wenn ich sprechen könnte.

»Ich habe mir Folgendes überlegt: Wenn Sandro dem Erpresser nun eine SMS schreibt, dass er sich nicht erpressen lässt und einfach die komplette Ware erneuert, dann provoziert er den Täter vielleicht dazu, ganz schnell neues Gift in den Laden zu schleusen. Und dann können wir ihn dabei beobachten. Mit einer Kamera oder aus einem Versteck heraus oder wie auch immer. Versteht ihr? Wenn er beispielsweise als Gast getarnt heimlich etwas in die Küche stellt, dann erwischen wir ihn dabei.«

»Ah, *sì*! *Buon’ idea!* Ist ein gute Idee! So machen wir«, freut sich Sandro.

Auch Werner nickt, sagt aber nichts mehr.

Und ich? Ich bin ein bisschen stolz: In meiner Kira steckt einfach eine echte Geheimagentin! Ich bin mir sicher, dass wir schon bald erfahren werden, wer dem armen Sandro UND vor allem dem armen Winston das Leben so schwer gemacht hat!

Ein wichtiger Anruf. Und fleißige Agenten.

»Kira! Tjeljefon fsjo wrjemja svanjil. Mnje prischlos' atwjetit?«

Babuschka baut sich vor uns im Flur auf und wedelt aufgeregt mit dem neuen Prepaid-Handy vor uns hin und her. Offenbar hat es die ganze Zeit geklingelt und schließlich ist Babuschka rangegangen. Gibt es etwa neue Hinweise auf den Tierhasser? Grundgütiges Katzenklo! Mittlerweile wird es fast ein bisschen anstrengend mit der Verbrecherjagd. Eben noch Sandros Erpresser, jetzt die Tierquäler – ich glaube, wir müssen unser Agententeam dringend aufstocken! Wie gut, dass es noch Pauli, Tom und die vier Muskeltiere gibt!

Bei Letzteren handelt es sich nicht etwa um vier muskelbepackte Superhelden, die Tierquäler, Erpresser und sonstige Verbrecher ganz leicht am Schlafittchen ins Gefängnis zerren könnten, sondern um Spike, Karamell, Odette und meine Wenigkeit. Wir hatten uns diesen Namen gegeben, nachdem wir beschlossen hatten, zukünftig unglaubliche Abenteuer miteinander zu erleben. Ich persönlich hatte das zwar hauptsächlich beschlossen, um vor Odette als Held dazustehen – aber es spricht natürlich nichts dagegen, gewissermaßen nebenbei noch Kriminelle zu jagen.

Aber während Pauli und Tom beim Plakatekleben schon fleißig ins Agentengeschäft eingestiegen sind, scheinen meine Muskeltiere momentan leider noch ein wenig fußlahm zu sein. Das muss sich dringend ändern! Sobald ich weiß, was für neue Informationen es gibt, werde ich meine Katzengang wieder an den Start bekommen.

»Und, wer hat angerufen?«, erkundigt sich Kira nun bei ihrer Großmutter.

Die drückt ihr mit wichtiger Miene sowohl das Handy als auch einen Zettel in die Hand. »Hier! Ein Mann hat angerufen, wo sagt, er hat schon mal mit euch gesprrrochen! Sagt, errr hat Frau wieder gesehen. Und hat ihr gefolgt!«

Kira reißt die Augen auf. »Oma, das ist ja super! Weiß er jetzt etwa, wo sie wohnt?«

Babuschka schüttelt den Kopf. »*Njet.* Leider nicht. Hat sie verloren. Aber: Vorher hat noch ihr gefolgt in Superrrmarkt. Und hat sie dort gekauft Ölsarrdine. Also ist bestimmt Laden, wo Frau öfter hingeht. Vielleicht findet sich Frau da wieder! Hier ich habe aufgeschrieben Telefonnummer und Name von Mann. *Spasibo!*«

Kira macht einen kleinen Luftsprung und klatscht in die Hände. »Winston, das ist so toll! Die Plakate waren also die richtige Idee und das Handy auch! Du wirst sehen, bald haben wir der Tierquälerin das Handwerk gelegt!«

Wäre ich ein Hund, würde ich nun glatt mit dem

Schwanz wedeln, denn ich freue mich auch riesig. Zum einen, dass wir einer so perfiden Person so schnell auf die Schliche gekommen sind. Und zum anderen, dass sich Kira so freut. Allerdings frage ich mich, was es wohl mit dem Mann auf sich hat, der die Köder mit dem Schneckenkorn ausgelegt hat. Um ganz auf der sicheren Seite zu sein, müssten wir den doch auch noch finden.

Offenbar sehe ich im Rahmen meiner Möglichkeiten als Kater nun sehr nachdenklich aus, denn Kira beugt sich zu mir herunter und betrachtet mich.

»Na, Winston? Stimmt etwas nicht? Du denkst an den Mann mit den Leberwurststücken, den das Mädchen beobachtet hat, richtig? Mach dir keine Sorgen, den kriegen wir bestimmt auch noch. Auch wenn das schon ein seltsamer Zufall ist, dass hier in der Gegend gleich zwei Katzenhasser unterwegs sind.«

Es ist einfach toll, wie gut mich Kira immer noch versteht, obwohl sie meine Gedanken doch eigentlich nicht mehr lesen kann. Ich schnurre, damit sie weiß, dass sie genau auf der richtigen Spur ist.

Kira lacht. »Siehste, ich kenn dich doch, Winston! Und jetzt berichten wir mal Pauli und Tom von den gesammelten Neuigkeiten und entwerfen einen Schlachtplan. Sind Sie damit einverstanden, Schnurrlock Holmes?«

Ich maunze laut. Und wie!

Unsere eilig einberufene Agentensitzung findet diesmal im Eiscafé Viola statt. Im Sommer treffen sich die Kinder hier fast jeden Tag und auch im Winter, wenn es außer Eis auch Waffeln, Bratäpfel und Punsch gibt, sind Kira, Pauli und Tom häufige Gäste. Ich persönlich liebe das Café Viola dann besonders, weil auf den Fensterbänken Kissen ausgelegt sind, auf die ich mich herrlich kuscheln kann. Und zwar ohne dass die sehr reizende Café-Besitzerin schimpft!

Praktisch an einem Treffen außer Haus ist auch, dass ich auf dem Weg dorthin noch einen kleinen Schlenker durch den Innenhof machen kann. Vielleicht findet sich das ein oder andere Muskeltier, das sich dem Agententreffen anschließen will? Im Idealfall natürlich Odette – der muss ich sowieso noch erzählen, was wir bei Sandro rausgefunden haben.

Ich habe Glück: Als Kira und ich aus der Haustür kommen, sitzt Odette direkt neben dem Hauseingang. Ich muss sie also nicht mal suchen.

»Hey, Winston«, begrüßt sie mich freundlich. »Habe tatsächlich gerade überlegt, ob ich mich allein zu dir nach oben wage. Ich wollte mal sehen, wie es dir heute so geht.«

Bei meinem Kratzbaum: Ich habe also nicht nur Glück, sondern großes Glück! Odette wollte mich besuchen kommen! Ich fasse es nicht – das hat sie doch noch nie gemacht! Ein wohlig warmes Gefühl breitet sich erst in meinem Bäuchlein, dann im ganzen Winston aus. Trotz des Schnees ist mir gar nicht mehr kalt!

Nun hat auch Kira Odette entdeckt. »Guck mal, wer da

auf uns wartet, Winston. Oder besser: auf dich. Hallo, Odette! Wir sind gerade auf dem Weg in ein nettes Café. Willst du uns begleiten?«

Odette schaut mich etwas ratlos an.

Ich nicke ihr zu. »Das ist 'ne gute Idee! Im Café ist nämlich Agententreffen mit Kiras Freunden. Da erfährst du auch das Neueste über den Katzenhasser.«

Kurz entschlossen springt Odette auf. »Agententreffen? Klingt gut! Freut mich übrigens sehr, dass es dir offensichtlich schon wieder so gut geht!«

Schnurr, schnurr, schnurr – der Tag entwickelt sich immer besser!

»So, schieß los, Kira«, ruft Tom, kaum dass wir im Viola angekommen sind. »Was gibt es Neues? Klang ja sehr spannend am Telefon!«

»Genau, erzähl!« Auch Pauli will unbedingt wissen, was sich getan hat. Kira gibt den beiden eine kurze Zusammenfassung.

Odette reißt die Augen auf und rutscht auf der Fensterbank näher an mich heran. »Also, eines muss man den Zweibeinern lassen: Manchmal haben sie richtig gute Ideen. Die mit den Plakaten zum Beispiel. Ich hätte nicht gedacht, dass das wirklich funktioniert. Hat es aber. Schade, dass wir Katzen nicht lesen können. Sonst wäre das auch was für uns. So könnten wir ganz viele von uns warnen!«

Ich brumme nur zustimmend. Dass *ich* lesen kann, muss Odette gar nicht wissen. Nachher hält sie mich noch für sonderbar.

»Aha. Also ist der Tierquäler doch eine Frau«, sagt Tom nachdenklich, als Kira mit ihrer Schilderung fertig ist.

»Oder es sind zwei Tierquäler. Sozusagen ein Team«, wirft Pauli ein.

»Vielleicht ist die Frau aber auch harmlos und will wirklich nur streunenden Katzen über den Winter helfen«, überlegt Kira laut. »Ich glaube es zwar auch nicht, aber bevor wir die Frau nicht gefunden haben, von der unser Zeuge redet, ist das schwer zu sagen. Und deswegen würde ich vorschlagen, dass wir ihn jetzt mal anrufen. Was meint ihr?«

Tom und Pauli nicken.

»Ja, gute Idee, mach mal«, sagt Tom, und schon holt Kira ihr Handy und Babuschkas Notizzettel aus der Tasche.

»Also, der Herr heißt Sönnichsen. Hoffentlich geht er gleich ran.«

Tut er. Denn nur zwei Sekunden später hat Kira ihn bereits an der Strippe.

»Hallo, Herr Sönnichsen, hier ist Kira Kovalenko. Sie haben vorhin mit meiner Großmutter gesprochen, weil Ihnen noch was wegen der vergifteten Köder eingefallen ist.«

Sie horcht kurz.

»Genau. Das sagte meine Oma. Sie haben die Frau noch mal gesehen, richtig?«

Kurze Pause. Dann beginnt Kira zu strahlen.

»Wirklich? Das ist ja sensationell. Also, wenn Sie uns das

geben könnten, wäre es toll. Das hilft uns natürlich sehr weiter!«

Wieder Pause.

»Na klar! Wir sitzen gerade im Café Viola in der Klosterallee. Super!«

Dann legt sie auf. Vier Augenpaare starren sie an.

»Und?«, will Pauli wissen. »Was ist jetzt so sensationell, super, toll?«

Kira holt tief Luft.

»Herr Sönnichsen kommt gleich hierher.«

Na ja, so sensationell finde ich das nicht. Vielleicht will er auch einfach nur eine Waffel essen und einen Punsch trinken.

»Ja, und?« Auch Tom ist nicht sonderlich beeindruckt.

Aber Kira grinst, sie hat offenbar noch ein Ass im Ärmel. »Er kommt, weil er uns etwas zeigen möchte. Er hat die Frau nämlich fotografiert!«

Heilige Ölsardine! Das ist wirklich eine Sensation!

Waffeln mit Sahne, Hundebesitzer und ein Bild der Erinnerung.

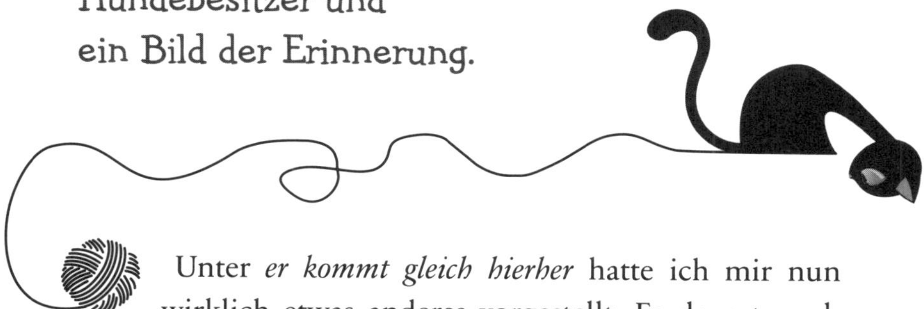

Unter *er kommt gleich hierher* hatte ich mir nun wirklich etwas anderes vorgestellt: Es dauert noch mindestens zwei Waffeln für jedes Kind, bis der alte Mann endlich vor uns steht. Normalerweise würde mich das ja nicht stören, aber mein eigener Magen knurrt mittlerweile gewaltig und ich frage mich, wann ich eigentlich auch mal etwas Leckeres bekomme. Es muss keine Waffel mit Sahne und heißen Kirschen sein – eine Geflügelleberpastete wäre mir schon lieber. Aber ich würde mich momentan auch mit einem Stück Ölsardine begnügen, vorausgesetzt natürlich, es wäre nicht vergiftet.

Während ich noch darüber sinniere, was ich nun am liebsten fressen würde, ist Odette schon von der Fensterbank gesprungen und hat sich näher zu den Kindern gesetzt. Offenbar will sie kein Wort von dem verpassen, was der ältere Herr zu erzählen hat.

»Also, Kinder, das war wirklich ein unglaublicher Zufall: Ich ging mit meinem Hund spazieren und da sah ich wieder diese Frau! Und die stand tatsächlich an einem Baum und las sich ganz in Ruhe euer Plakat durch. Ich bin natürlich gleich zu ihr hin, aber noch bevor ich am Baum angekommen war, riss sie einfach euren Zettel ab und lief weiter. Klarer Fall von schlechtem Gewissen, dachte ich mir und habe sofort die Verfolgung aufgenommen! War gar nicht so einfach, ich hatte schließlich meinen Benno an der Leine und der wollte mal wieder an jedem Baum schnüffeln.«

Ich schüttle innerlich den Kopf. Typisch Hund! Überhaupt keinen Blick für das Wesentliche! Eines der großen Rätsel dieser Zeit ist doch, wozu es überhaupt Jagdhunde gibt. Mal ernsthaft – da muss doch sowieso jedes Mal ein Mensch mitkommen. Alleine können Hunde gar nicht zielgerichtet jagen. Ich glaube kaum, dass ein Hund unangeleitet mit der richtigen Beute auftaucht. Wie anders sind da wir Katzen! Wenn wir einen Menschen lieben, kommen wir von ganz allein auf die Idee, ihm mal so eine erjagte Maus auf die Fußmatte zu legen. Also jedenfalls diejenigen von uns, die überhaupt jagen. Dazu gehöre ich selbstverständlich nicht. Aber wenn ich wüsste, wo ich sie bekomme, würde ich Werner mit der köstlichen Gänseleberpastete versorgen, die wir beide so gern essen. Und zwar völlig unaufgefordert. Schließlich habe ich ihn – den Blick fürs Wesentliche!

»Psst, Winston, hör doch mal zu!« Odette ist wieder zu mir auf die Fensterbank zurückgekehrt und stupst mich in die Seite.

Ich schaue sie erstaunt an. »Wieso? Ich höre doch zu!«

»Aber du fauchst die ganze Zeit vor dich hin!«

Oh, wie peinlich! Ich führe offenbar Selbstgespräche!

»Ich … äh … habe nur gerade über den Hund nachgedacht. Und warum Hunde so blöd sind. Aber jetzt bin ich wieder ganz Ohr!« Um das zu beweisen, lege ich mich lang hin und lege meinen Kopf auf meine Pfoten. Ich bin mir sicher, dass das seeehr aufmerksam aussieht!

»Wir waren schon eine ganze Weile hinter der Frau hergelaufen, da ist sie in den Supermarkt an der Hoheluftchaussee rein«, erzählt der Mann weiter. »Ich also Benno draußen angebunden und hinterher. Und was soll ich euch sagen? Sie steuerte tatsächlich auf das Regal mit den Ölsardinen zu. Ölsardinen! Ist es denn zu fassen? Die plant doch garantiert ihre nächste Anschlagsserie!«

Es schaudert mich! Ich denke sofort an all die Samtpfoten da draußen, die in schlimmer Gefahr schweben und leider unsere Plakate nicht lesen können!

»Ich bin näher an sie rangeschlichen, und es ist mir sogar gelungen, sie von der gegenüberliegenden Regalseite aus heimlich mit meinem Handy zu fotografieren. Aber dann …«, Herr Sönnichsen seufzt und zuckt mit den Schultern.

»Ja!?«, rufen Tom, Kira und Pauli im Chor.

»Tja, dann fing Benno draußen vor dem Supermarkt an, so laut zu bellen, dass ich es sogar drinnen noch ganz deutlich hören konnte. Da musste also irgendwas passiert sein und ich musste kurz raus. Tatsächlich hatte sich mein Benno mit einem Pudel angelegt. Bis sich die Lage beruhigt hatte und ich wieder reinkonnte, war die Frau allerdings schon verschwunden. Leider!« Er hebt bedauernd die Hände.

»Aber immerhin haben wir nun ein Foto von der Frau«, sagt Kira und klingt ganz zuversichtlich. »Damit haben Sie uns schon ein Riesenstück weitergeholfen.«

»Habe ich gern gemacht, junge Dame. Ich habe dir das Foto auch schon weitergeleitet.«

»Danke! Das ist ein erstklassiges Beweisstück. Und wir wissen, in welchem Supermarkt sie einkauft. Vielleicht geht sie öfter dorthin, wir könnten den Laden doch beschatten.«

Pauli seufzt. »Na, dann wollen wir mal hoffen, dass sie nur nachmittags einkauft. Vormittags müssen wir leider die Schulbank drücken.«

Odette knufft mich wieder in die Seite.

»Winston, das ist doch DIE Gelegenheit für die vier Muskeltiere! Vormittags könnten wir das doch übernehmen.«

Mein Schwanz zuckt hin und her. »Wir wissen doch gar nicht, wie die aussieht. Oder soll ich Kira mal eben um ihr Handy bitten, damit wir auch einen Blick auf das Foto werfen können?«, murmle ich zurück.

»Warum so kompliziert? Es liegt neben Kira auf dem Tisch. Da können wir doch mal draufgucken.«

Ich maunze leise. »Man merkt, dass du keine Ahnung von menschlicher Technik hast, Odette. Das Bild sieht man nicht einfach so. Man muss eine bestimmte Taste drücken. Und das dürfte dir mit deinen Pfoten kaum gelingen.«

»Dann muss du Kira eben doch bitten, uns das Bild zu zeigen. Ihr habt so einen besonderen Draht zueinander – irgendwie wirst du ihr das schon begreiflich machen können.«

Seufz! Mit dem besonderen Draht hat Odette zwar recht, aber seitdem Kira und ich nicht mehr gegenseitig unsere Gedanken lesen können, muss ich mir schon ganz schön was einfallen lassen, wenn ich etwas Bestimmtes von Kira will. Ich überlege kurz: Ich könnte natürlich auf den Tisch springen und auf das Handy zeigen. Oder auf das Handy und den Zettel von Babuschka, der immer noch daneben liegt. Oder denkt Kira dann, ich wolle telefonieren? Käme vielleicht auf einen Versuch an. Aber solange dieser Herr Sönnichsen noch da ist, bleibe ich lieber schön auf meinem Kissen liegen. Hundebesitzer sind mir immer ein wenig unheimlich!

Als Sönnichsen wieder gegangen ist, stecken Tom, Pauli und Kira ihre Köpfe zusammen und überlegen, was nun am besten zu tun ist.

»Wir könnten natürlich mit dem Foto zur Polizei gehen«, schlägt Tom vor. Pauli schüttelt den Kopf.

»Nee, was sollen wir denen denn erzählen? Dass jemand, den wir kennen, diese Frau dabei beobachtet hat, wie sie im Supermarkt Ölsardinen kauft? Dafür werden die kaum einen Streifenwagen losschicken.«

»Na ja, immerhin hat diese Arzu doch auch schon Anzeige erstattet. Die wissen also, dass hier irgendwo ein Tierquäler frei rumläuft«, verteidigt Tom seine Idee.

»Genau. Und zwar in Form eines Typen mit Bart, der vergiftete Leberwurst verteilt. Was ja so ungefähr das Gegenteil ist von einer Frau ohne Bart, die möglicherweise Ölsardinen auslegt«, lacht Kira. »Nein, ich glaube, Pauli hat recht. Das wird die Polizei nicht überzeugen.«

»Wir könnten natürlich eine zweite Plakataktion starten – diesmal mit dem Foto drauf. So à la *Wer kennt diese Frau?*«, wirft Pauli ein.

»Ich weiß nicht – stellt euch mal vor, die Frau ist doch keine Tierquälerin und wird von uns öffentlich so beschuldigt.« Kira guckt sehr skeptisch. »Ich glaube, da können wir uns eine Menge Ärger einhandeln – und vielleicht einen Unschuldigen in große Schwierigkeiten bringen.«

»Gut, das bringt uns wieder zu deinem Vorschlag von eben, Kira: den Supermarkt zu beschatten«, meint Tom.

»Tja, aber das Problem daran ist das Gleiche wie eben – wir haben nur nachmittags Zeit. Was ist denn, wenn sie vormittags einkauft? So finden wir sie doch nie«, mault Pauli.

»Los, Winston«, maunzt Odette mir zu. »Du musst Kira irgendwie begreiflich machen, dass sie auf unsere Unterstützung zählen kann. Und dass sie uns mal das Foto zeigen soll.«

»Ja, du hast recht. Ich versuch's.« Ich rapple mich von dem bequemen Kissen hoch, springe erst runter auf den

Fußboden und von dort mit einem Satz auf Kiras Schoß. Die erschrickt sich, stößt sich ruckartig vom Tisch ab und reißt dabei einen der Teller mit Waffeln herunter.

»Mensch, Winston!«, schimpft sie sofort los. »Was soll das? Wolltest du etwa eine Waffel klauen? Wie kannst du jetzt nur ans Essen denken? Hast du ein Glück, dass der Teller heil geblieben ist!«

Miauuuuu! Stimmt doch gar nicht! Von wegen *besonderer Draht* – wie kann mir Kira nur so etwas unterstellen? Die weiß doch, dass ich ein Spitzenagent bin! Wenn auch auf Samtpfoten ... aber trotzdem!

Interessanterweise sind es Tom und Pauli, die meine Partei ergreifen.

»Ich glaube nicht, dass Winston etwas fressen wollte«, verteidigt mich Pauli.

»Ja, denke ich auch nicht«, meint Tom. »Vielleicht wollte er auch mal einen Blick auf das Foto werfen. Immerhin hat er genauso viel kriminalistische Erfahrung wie wir!«

Guter Mann! Ich maunze laut und springe von Kiras Schoß auf die Tischplatte. Dort bleibe ich sitzen, maunze weiter und berühre mit meiner Tatze das Handy, das noch dort liegt. Pauli klatscht in die Hände.

»Siehst du, das ist es, was Winston will! Keine Waffel mit Sahne, sondern das Foto!«

Kira zuckt mit den Schultern, dann rückt sie wieder näher an den Tisch und tätschelt meinen Kopf.

»Na, wenn das so ist ... dann entschuldige ich mich, Winston. Jeder liegt mal daneben – du hast mich mit deinem Sprung einfach sehr erschreckt. Aber das Foto zeige ich dir natürlich gern.«

Sie greift sich das Handy, tippt etwas ein und hält es mir dann vor die Nase. Tatsächlich sehe ich nun das Foto einer mir unbekannten Frau. Okay, nach der sollen wir Ausschau halten? Maunz, das wird nicht ganz leicht. Nur durch ein Foto ist ein Mensch für mich gar nicht so einfach wiederzufinden, wenn ich ihn nicht persönlich kenne. Denn auf so einem Foto fehlen ja Geruch, Stimme und Bewegung. Mir kommen augenblicklich Zweifel, ob die vier Muskeltiere bei dieser Fahndung wirklich eine Unterstützung sein können.

»Und?«, will Odette wissen.

»Nix und«, maunze ich zurück. »Es ist halt irgendeine Frau. Wie wir die finden sollen, ist mir schleierhaft.«

»Nun sei mal nicht so negativ«, entgegnet Odette. »Das schaffen wir schon irgendwie.«

Typisch Odette. Die gibt auch niemals auf!

»Wenn du meinst«, erwidere ich matt.

»Ja, meine ich. Und nun lass mich mal gucken. Ich muss schließlich auch wissen, nach wem wir Ausschau halten.«

Mit einem eleganten Satz springt Odette direkt von der Fensterbank auf die Tischplatte, selbstredend ohne dass dabei weitere Teller den Abgang machen. Sie ist eben einfach die Anmut in Person, eine echte Dame!

»So, und nun lass mal sehen!« Odette setzt sich neben mich und starrt auf das Handy, das Kira mir immer noch vor die Nase hält. Odette wirft nur einen kurzen Blick darauf – und dann faucht sie plötzlich so laut und böse, wie ich es noch niemals von ihr gehört habe.

Auch Kira zieht erschrocken die Hand zurück. »Odette, was ist denn los?«, ruft sie, obwohl sie natürlich genau weiß, dass sie darauf keine Antwort erhalten wird. Die bekomme ich dafür von Odette. Als sie sich wieder ein bisschen beruhigt hat, holt sie tief Luft und schaut mich mit einem ganz seltsamen, durchdringenden Blick an.

»Winston, das ist die Nichte. Ich bin mir zu neunundneunzig Prozent sicher.«

Ich gucke verständnislos.

»Welche Nichte?«

»Die Nichte meines alten Frauchens. Das ist die Frau, die schon einmal versucht hat, mich umzubringen!«

Auf der Suche nach alten Freunden. Nicht immer ganz ungefährlich!

»Bist du dir ganz sicher?« Ich traue meinen Öhrchen kaum ob dieser unglaublichen Nachricht!

Odette starrt noch einmal auf das Handy, das Kira jetzt wieder auf den Tisch gelegt hat. »Na ja, fast. Also, eigentlich bin ich mir sicher, aber natürlich ist es schon ein Weilchen her, dass ich diese furchtbare Frau gesehen habe.«

Bevor ich noch einen weiteren Blick auf das Handy werfen kann, scheucht uns Kira mit einer wedelnden Handbewegung wieder zurück auf die Fensterbank. »So, ihr beiden Superkatzen – bevor hier noch mehr zu Bruch geht, bitte runter vom Tisch.«

Von mir aus! Auf der Fensterbank war es sowieso viel bequemer. Ich springe schnell zurück, Odette folgt mir. Als wir wieder nebeneinander liegen, scheint ihr etwas einzufallen. »Am liebsten würde ich das Bild Rosie zeigen. Die hat ein sensationelles Gedächtnis.« Sie überlegt kurz. »Hey, vielleicht ist das eine gute Idee! Wir zeigen es Rosie!«

»Wir *zeigen* es Rosie? Ja, weißt du etwa, wo wir sie finden? Also, gibt es die noch?«

Ich weiß gar nicht so recht, warum, aber irgendwie hatte ich angenommen, Odette und Rosie seien nach ihrer Rettung getrennt worden. Da wird mir wieder bewusst, dass mir Odette die Geschichte nie ganz zu Ende erzählt hat. Vielleicht wäre das jetzt eine gute Gelegenheit, bevor ich hier völlig den Überblick verliere. »Odette, wie ist die Geschichte mit dir und Rosie denn damals ausgegangen?«, will ich deshalb von Odette wissen.

»Ach stimmt, das weißt du noch nicht. Meinst du, wir bleiben noch einen Moment?«

Ich gucke mich kurz im Viola um. Kira hat den Teller wieder aufgehoben und alle Kinder haben sich noch etwas zu trinken bestellt. Anscheinend sind sie mit ihrem Agentenplan noch nicht ganz fertig. »Ja, ich glaube, wir haben noch etwas Zeit. Also, schieß los!«

Odettes Schwanzspitze zuckt unruhig hin und her – dieser ganze Teil ihrer Vergangenheit scheint sie noch sehr zu beschäftigen. »Im Tierheim waren sie eigentlich ziemlich nett zu uns. Ein Tierarzt hat sich gleich um uns gekümmert, schließlich ging es Rosie sehr schlecht. Wir wurden aufgepäppelt, und als wir uns einigermaßen erholt hatten, kamen wir in ein Haus mit anderen Katzen. Dort herrschte zwar sehr viel Trubel, aber trotzdem gefiel es uns gut.«

Die Geschmäcker sind bekanntlich verschieden. Ich kann mir nicht vorstellen, dass es mir im Tierheim gut gefallen würde! Die Vorstellung, mir Kratzbaum, Sofa oder gar Fressnapf mit Artgenossen teilen zu müssen, fand ich schon immer völlig abwegig.

»Und dann kam der Tag, an dem die Zweibeiner in unser Katzenhaus durften, um sich einige von uns nach Hause zu holen. Ich merkte, dass ich davor auf einmal große Angst hatte. Während einige von uns ihre beste Seite zeigten und sich wie bei einem Schönheitswettbewerb präsentierten, habe ich versucht, mich möglichst unauffällig in einer Ecke zu verstecken. Ist mir aber leider nicht gelungen.«

Das wundert mich überhaupt nicht. Odette ist die schönste Katze der Welt, das kann nicht einmal der unwissendste Mensch übersehen!

»Und was ist dann passiert?«, frage ich, um die Unterhaltung in Gang zu halten. Nicht dass wir wieder unterbrochen werden und ich immer noch nicht erfahre, wie die beiden schließlich aus dem Tierheim rausgekommen sind.

»Ein kleines Mädchen hatte mich relativ schnell entdeckt. Sie kam an die Stelle des Geheges gelaufen, an der ich zusammengekauert saß, und zeigte auf mich. ›Mami, die oder keine!‹, rief sie. Und da bekam ich Panik. Ich fauchte das Kind an, drehte mich um, rannte los und suchte Rosie. Als ich sie gefunden hatte, wich ich nicht mehr von ihrer Seite. Die Eltern des kleinen Mädchens haben dann mit der Tierpflegerin gesprochen, und die hat ihnen erzählt, was es mit Rosie und mir auf sich hatte. Ich habe mich schon gefreut, weil ich dachte, dass wir diese Familie nun los seien und weiter in unserem schönen Katzenhaus wohnen könnten.« Odette seufzt.

»Aber das war nicht so?«, hake ich nach.

Odette schüttelt den Kopf. »Nein, das war nicht so. Das

kleine Mädchen bekam nämlich furchtbares Mitleid mit uns und bat seine Eltern, uns einfach beide mitzunehmen. Also, Rosie UND mich. Tja, und das haben sie dann auch gemacht.«

Ich überlege kurz. »Das klingt doch aber gar nicht so schlecht. Eine nette Familie, ein liebes Kind, eine Samtpfoten-Kollegin – das könnte eine Katze doch wirklich härter treffen.«

»Ja, rein logisch betrachtet hast du sicherlich recht. Aber ich hatte einfach Angst vor Menschen. Den Gedanken, wieder mit ihnen zusammenleben zu müssen, fand ich furchtbar. Außerdem wollte das kleine Mädchen mit mir kuscheln und mich mit in sein Bett nehmen. Das war eindeutig noch nichts für mich.«

»Und wie ging es Rosie damit? Hatte die auch solche Angst?«

»Nein, komischerweise nicht. Die hat sich bei der neuen Familie sofort wohlgefühlt. Ich glaube, sie hat immer davon geträumt, ein Kind nur für sich zu haben. Und deswegen haben wir beschlossen, fortan getrennte Wege zu gehen: Ich habe mich für ein Leben in Freiheit entschieden, Rosie wollte gern bei den neuen Menschen bleiben. Ich habe mich von ihr verabschiedet und bin weggelaufen.«

Heilige Ölsardine! Was für eine Entscheidung! Und *ein Leben in Freiheit* klingt zwar aufregend und schön, aber genauso gut könnte man auch sagen: *ein Leben auf der Straße*. Für mich wäre das definitiv nichts. Wie kommt ein Kater denn da auf seine tägliche Portion Geflügelleberpastete?

Aber zurück zum Thema.

»Und seitdem hast du Rosie nie wieder gesehen? Und bist sicher, dass du sie trotzdem noch findest?«

Odette legt den Kopf schief. »Doch, ich sehe Rosie noch regelmäßig. Wir treffen uns in einem kleinen Park in der Nähe des Hauses der Familie. Unser Schicksal hat uns schließlich für immer miteinander verbunden und zu guten Freundinnen gemacht. Wenn es in diesen Tagen sehr kalt ist, schlüpfe ich auch immer noch ab und zu in der Wohnung unter. Dann freuen sich das Mädchen und seine Eltern und versorgen mich mit allerlei Köstlichkeiten. Aber sie versuchen nicht mehr, mich zu behalten. Sie haben verstanden, dass das nichts mehr für mich ist. Als ihr neulich alle so blöd zu mir wart, bin ich auch zu Rosie gegangen.«

Aha. Deswegen habe ich Odette nirgendwo gefunden! Diese Frau steckt wirklich voller Geheimnisse. Ich bin gespannt, was ich noch alles über sie herausfinden werde.

»Gut, das heißt also, wenn wir Rosie das Bild zeigen könnten, dann hätten wir bald Gewissheit, ob die böse Tierquälerin auch gleichzeitig die böse Nichte ist.«

Odette nickt. »Richtig. Ich bin mir sicher, dass Rosie sie erkennen würde. Und vielleicht weiß Rosie sogar noch, wo das Haus ist, in dem wir früher mit der Nichte gewohnt haben. Dann könnten wir sie schnappen, ohne tagelang einen Supermarkt zu observieren. Rosie hat mir nämlich mal erzählt, dass sie es hier irgendwo wiedererkannt hätte. Damals habe ich aber nicht weiter nachgefragt, denn eigentlich wollte ich da nie wieder hin.«

Bei meinem Lieblingskratzbaum! Wenn das mal keine guten Nachrichten sind! Ich bin begeistert. Die Vorstellung, dass uns diese Rosie die böse Tierquälerin gewissermaßen auf dem Silbertablett präsentieren könnte, ist einfach großartig. Einen Haken hat die Sache allerdings: »Natürlich können wir schlecht Kiras Handy zu Rosie schleppen«, stelle ich fest. »Das heißt, dass wir Rosie zu Kira bringen müssen. Andersherum wird es nicht funktionieren.«

»Kein Problem. Lass uns loslaufen. Komm!«

»Äh, bitte? Du meinst jetzt?«

»Natürlich. Warum denn nicht?«

Ich werfe einen Blick durch das Fenster. »Es ist schon ganz schön spät und dunkel. Und saukalt. Und noch wichtiger: Ich habe Hunger und zu Hause hat Babuschka bestimmt schon ein leckeres Abendessen für mich zubereitet.«

Odette faucht, und das klingt sehr übellaunig. »Dir ist dein Abendessen wichtiger als das Wohlergehen aller Katzen im Viertel?«

Oh, nein – bitte keine Grundsatzdiskussion! Das kann ich auf leeren Magen überhaupt nicht ertragen!

»Hey, ich habe lediglich gesagt, dass es draußen kalt und dunkel ist und ich Hunger habe. Was, wenn wir uns verlaufen? Morgen ist auch noch ein Tag, lass uns dann nach Rosie suchen. Ich glaube, meine Menschen wären auch nicht besonders begeistert, wenn ich nun einfach so verschwinden würde. Schließlich habe ich das Abendessen eigentlich noch nie verpasst, die würden sich also bestimmt Sorgen um mich machen.«

Aber Odette ist nicht zu überzeugen. Sie rappelt sich vom Kissen hoch, streckt ihren schlanken Körper und wirft mir einen bösen Blick zu.

»Gut, dann werde ich jetzt eben allein nach Rosie suchen. Dir wünsche ich guten Appetit!«

Spricht's und springt von der Fensterbank. Maunz, wieso ist diese Frau nur so kompliziert! Und so stur! Auch ich rappele mich hoch und verabschiede mich innerlich von meinem leckeren Abendessen. Denn eines ist klar: Ich werde Odette auf keinen Fall im Stich lassen. Auch wenn mir nun das Fell am Po einfrieren sollte.

»Winston, Odette, wo wollt ihr denn hin?«, ruft Kira erstaunt, als wir beide Richtung Ausgang laufen. Leider habe ich keine Zeit, ihr das zu erklären. Ein Kater muss eben tun, was ein Kater tun muss!

Hoffentlich weiß Odette wirklich, was sie da tut! Ich laufe völlig orientierungslos neben ihr her. Zu allem Überfluss hat es jetzt auch noch angefangen zu schneien. Dicke Flocken rieseln langsam auf uns herunter, und wenn das so weitergeht, bin ich in fünf Minuten mindestens so weiß wie Odette!

An einer großen Kreuzung hält sie an und schaut sich um.

»Ist es noch weit?«, will ich wissen.

»Ich glaube nicht.«

Ach du liebes Katzenklo! Soll das heißen, dass Odette auch nicht mehr weiß, wo wir eigentlich sind? Ich verkneife mir aber eine entsprechende Bemerkung, schließlich scheint mir Odette heute leicht reizbar.

Links? Rechts? Odette entscheidet sich für geradeaus und läuft über die Straße. Das Schneetreiben hat so zugenommen, dass ich mittlerweile gar nicht mehr richtig sehen kann und die Flocken in meinen Augen brennen. Lieber Katzengott, mach, dass wir das Haus bald finden! Ich will nicht länger hier herumlaufen, auch nicht, wenn Odette mich dann mal wieder für ein Weichei hält!

Trotzdem kämpfe ich mich tapfer weiter durch das Schneegestöber, immer in der Hoffnung, dass Odette jeden Moment verkündet, wir seien am Ziel.

»Winston?«

»Ja? Sind wir da?«, erkundige ich mich hoffnungsvoll.

»Nein, ein Stück noch. Ich ... äh ... ich wollte dir nur sagen, also – nur für den Fall, dass ich es nachher vergesse – ich finde es toll, dass du mitgekommen bist. Ich meine, du warst gerade erst richtig krank, und trotzdem schlägst du dich hier mit mir durch den Schneesturm.«

»Ach, nicht der Rede wert«, ringe ich mich zu einer Notlüge durch. »So schlimm ist es ja gar nicht.«

»Doch! Ich meine, vorgestern warst du noch ein Fall für den Notarzt! Was ist aus der Sache eigentlich geworden? Wisst ihr mittlerweile, woran es gelegen hat?«

»Ja, stell dir vor: Dieser Sandro wird erpresst. Irgendjemand droht, seine Speisen zu vergiften, wenn Sandro ihm nicht viel Geld bezahlt. Und offensichtlich hat der Unbekannte seine Drohung wahr gemacht.«

Odette hält kurz inne und schüttelt den Kopf. »Das ist ja unglaublich! Dann sind momentan lauter Giftmischer unterwegs. Was wollt ihr da unternehmen?«

»Ach, morgen schließt Sandro erst mal seinen Laden und wir durchsuchen alles nach vergifteten Speisen oder Zutaten. Vielleicht gibt uns das schon einen Hinweis auf den Täter.«

»Ja, gute Idee. Wenn ihr Hilfe braucht, sag Bescheid. Stell dir vor, wir würden gleich zwei Verbrecher an nur einem Tag schnappen! Neuer Rekord!«

»Schöne Vorstellung«, stimme ich ihr zu.

Wir traben weiter. Nach einer Weile bleibt Odette so abrupt stehen, dass ich in sie hineinschliddere. Wir bilden eine schwarz-weiße Fellkugel und rollen ein, zwei Meter über den Bürgersteig, bis wir endlich liegen bleiben. Ich kann nicht sagen, dass das ein unangenehmes Gefühl ist – so eng verknotet mit Odette.

Diese schnauft und wühlt sich aus unserer zufälligen Umarmung heraus. »Aua, Winston! Nicht so stürmisch!«, kichert sie. Dann zeigt sie mit der Tatze auf ein Haus auf der anderen Straßenseite. »Da drüben ist es. Die Familie wohnt im dritten Stock.«

Ich blinzele hinüber. »Und wie kommen wir da rein? Haben die auch eine Katzenklappe?«

Odette schüttelt den Kopf. »Nein, leider nicht. Wir müssen an der Fassade hochklettern. Ich weiß, hinter welchem

Fenster das Kinderzimmer liegt. Dort hängt auch Rosie meistens rum. Wir klopfen ans Fenster, wenn wir oben sind. Das wird sie bemerken und uns reinlassen.«

Heilige Ölsardine! Fassade hochklettern? Ich werfe noch einen Blick auf das Haus. Es sieht ziemlich hoch aus. Also, genau genommen sehr, SEHR hoch. Und was heißt überhaupt *reinlassen*? Wie soll das denn gehen? Verfügt diese Rosie über irgendwelche Zauberkräfte?

»Ähm, ist das nicht ein bisschen gefährlich? Und wie will Rosie denn …«

Odette unterbricht mich mit einem unwilligen Fauchen. »Wie sollen wir es denn sonst machen? Etwa so lange warten, bis Rosie von allein rauskommt? Dann sitzen wir morgen früh noch hier! Mach dir keine Sorgen, ich habe es schon häufiger so gemacht und es hat immer geklappt. Mir nach!«

Zwei Minuten später hänge ich an einer kalten Häuserwand. So gut es geht, versuche ich, mich an den Querritzen der Fassade festzuklammern und mich vorsichtig zum nächsten Balkon weiterzuhangeln. Besonders wohl ist mir dabei allerdings nicht. Ich konzentriere mich auf Odette, die schon ein gutes Stück über mir ist und bereits ein Regenabflussrohr erreicht hat, auf dem sie einigermaßen sicher nach oben laufen kann. *Bloß nicht nach unten schauen, Winston!*, ermahne ich mich immer wieder selbst.

Ich komme auf dem Balkon an, laufe über selbigen und gelange nun auch zu dem Regenrohr. Als ich meine erste Tatze daraufsetze, merke ich, wie rutschig es ist. Es geht ziemlich steil nach oben, aber leider ist es so glatt, dass ich schon sehr schnell darüberhuschen müsste, um nicht immer wieder rückwärtszurutschen. Mist! Wie soll ich das bloß schaffen?

»Odette«, rufe ich. »Ich glaube, ich kriege das nicht hin.«

Odette ist tatsächlich schon im dritten Stock und macht einen Satz von dem Rohr auf den Balkon. Dann dreht sie sich zu mir um.

»Nun gib dir doch mal Mühe, Winston! So schwer ist es gar nicht! Nur Mut!«

Nur Mut? Die Dame ist lustig! Ich bin mutig, aber das bedeutet nicht, dass ich Wert darauf lege, mir bei der Aktion das Genick zu brechen. Ich hole tief Luft und nehme einen neuen Anlauf, komme aber höchstens einen halben Meter weit, dann rutsche ich wieder zurück Richtung Balkon.

Schräg über mir höre ich ein Seufzen. Ich kann es zwar nicht sehen, bin mir aber sicher, dass Odette gerade mit den Augen rollt. »Dann klettere halt wieder runter, du Angsthase. Ich hole Rosie schnell allein.«

Pah! Was fällt der ein? Der werde ich es zeigen! Irgendwie komme ich da schon hoch. Ich beschließe, eine kleine Pause zu machen, meine Kräfte zu sammeln und gleich pfeilschnell über das Rohr zu hechten. Dann müsste es doch gehen.

Als ich genug verschnauft habe, nehme ich allen Mut und alle Kraft zusammen und renne los. Ein kurzer Anlauf über den Balkon, ein Sprung auf das Geländer, dann ein weiterer auf das Rohr. Diesmal bin ich so schnell, dass ich es tatsächlich schaffe, das Rohr nach oben hochzuklettern. Ha! Super-Winston hat es eben drauf!

In diesem Moment fliegt mir eine Schneeflocke genau in die Nase – ich muss niesen und zucke unwillkürlich zusammen. Nicht gut! Gar nicht gut! Denn jetzt verliere ich die Balance und kann mich auf dem glatten Rohr nicht mehr halten. Heilige Ölsardine, bloß nicht fallen! Dafür bin ich schon viel zu hoch! Ich beginne, mit meinem Schwanz hin und her zu rudern, um mein Gleichgewicht wiederzufinden – aber es gelingt mir nicht. Meine Krallen greifen ins Nichts. Und dann ist es so weit: Ich falle. Ich falle tatsächlich.

HILFE! ICH! FALLE!

Ein Engel. Eine alte Freundin. Und Streit unter Liebenden.

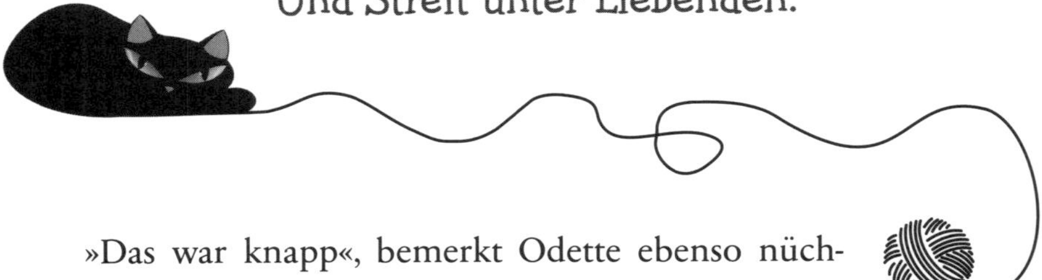

»Das war knapp«, bemerkt Odette ebenso nüchtern wie zutreffend. Gewissermaßen auf den Punkt. Tatsächlich hat nämlich in genau dem Moment, in dem eigentlich mein Aufschlag auf den ohne Zweifel sehr harten Bürgersteig hätte erfolgen müssen, ein Engel seine Arme ausgebreitet und mich aufgefangen. Gütiger Katzengott, ich danke dir!

Ich schaue dem Engel ins Gesicht. Er hat große Augen, Sommersprossen und lange, helle Haare. Allerdings, soweit ich das beurteilen kann, keine Flügel.

»Hallo«, begrüßt mich der Engel freundlich. »Ich heiße Marlene.«

Aha. Ein Engel namens Marlene. Ich hätte schwören können, dass Werners Schwester, die so viel betet, mal erzählt hat, dass Engel immer Michael, Gabriel oder Rafael heißen, also Jungs sind. Aber offensichtlich werden im Katzenhimmel auch weibliche Engel beschäftigt.

Vorsichtig setzt mich Marlene auf den Boden. Ich schüttele mich.

»Hallo, Winston«, begrüßt mich da noch jemand. Ich drehe mich um. Direkt hinter mir sitzt eine zierliche Katze mit einem riesigen Schnurrbart im Gesicht. Jedenfalls sieht das durch das Muster ihres Felles so aus.

»Hallo«, grüße ich vorsichtig zurück. »Wer bist du?« Werden Engel wohl immer von Katzen begleitet?

»Ich bin Rosie, die Freundin von Odette. Ich wohne zusammen mit Marlene in dem Haus, in das du gerade einsteigen wolltest, bevor du so jämmerlich abgestürzt bist.«

Maunz! Ach, die ist das! Und Marlene ist gar kein echter Engel, sondern das kleine Mädchen aus dem Tierheim. Ich schaue mir Marlene genauer an. Sie trägt Jeans, T-Shirt und Hausschuhe, eigentlich nicht sehr engelsgleich und eher so, als sei sie sehr schnell aus dem Haus gestürzt. Muss ziemlich kalt für sie sein, tatsächlich zittert sie auch ein bisschen. So langsam wird mir einiges klar. Anscheinend hat Odette gerade rechtzeitig Hilfe für mich organisiert.

Rosie folgt meinem Blick und grinst amüsiert. »Tja, das musste eben ganz fix gehen. Hat Gott sei Dank noch geklappt. Wäre doch schade um dich gewesen. Ich habe nämlich schon viel von dir gehört.«

»Ach, echt?«, wundere ich mich.

»Ja. Odette hat mir viel über dich erzählt. Scheinst mächtig Eindruck auf meine Freundin gemacht zu haben. Alle Achtung, das schafft nicht jeder!«

Wäre ich ein Mensch, würde ich jetzt rot werden. Aber als Kater wird mir wenigstens ein bisschen wärmer. Odette hat viel von mir erzählt, wie toll!

Marlene bückt sich zu uns herunter. »Lasst uns mal reingehen. Ich bin nicht gerade passend angezogen. Aber als ich aus dem Fenster geguckt habe und dich auf dem Rohr herumrutschen sah, dachte ich, ich sollte mal besser schnell nach unten laufen. Gut, dass Odette so ans Fenster gebollert hat – das ist immer unser Zeichen, dass sie rein will. Ich frage mich allerdings, was ihr überhaupt da draußen zu suchen hattet. Normalerweise kommt uns Odette eher tagsüber besuchen. Schade, dass ihr es mir nicht erzählen könnt.«

Aha! Deswegen war sich Odette so sicher, dass uns jemand reinlassen würde. Für mich ist diese Fassadenkletterei überhaupt nichts, wie sich gerade eindrucksvoll bestätigt hat. Ohne Katzenklappe würden die mich hier nie wiedersehen!

Drinnen angekommen, schaue ich mich neugierig um. Diese Menschenwohnung sieht ganz anders aus als unsere. Irgendwie sehr … leer. Wo bei Werner zahlreiche Bücher anzutreffen sind – im Regal, auf den Tischen, manchmal auch auf dem Boden, steht hier: nichts. Große Bilder hängen an den Wänden, wenige, aber große Möbel, kurz: Die Wohnung ist komisch.

Odette scheint meine Gedanken lesen zu können. »Marlenes Eltern sind Kunstsammler. Deswegen sieht es hier aus wie im Museum.«

Zwar habe ich überhaupt keine Ahnung, wie es im Museum aussehen könnte, aber gemütlich ist es da offenbar nicht. Ich schleiche hinter Odette und Rosie her, schließlich landen wir in Marlenes Zimmer. Okay, hier ist es schon deutlich netter. Vor allem stehen in diesem Zimmer auch ein Super-Duper-Kratzbaum und ein unglaublich bequem aussehendes Körbchen. So lässt es sich aushalten!

Allerdings will ich es mir hier überhaupt nicht gemütlich machen, denn Kira macht sich bestimmt Sorgen, wenn wir nicht bald wieder auftauchen.

Marlene setzt sich auf ihr Bett und macht eine einladende Handbewegung. »Na, nun kommt schon hoch, ihr drei! Ich find's klasse, dass du uns deinen Freund mal vorstellst, Odette. Ein sehr schicker Kerl, du hast einen guten Geschmack. Bleibt ihr eine Weile hier?«

Odette schnurrt.

»Hey, Odette«, fauche ich sie an. »Spinnst du? Wir wollten nur Rosie holen und dann wieder los. Also, wir sagen ihr jetzt, worum es geht, und dann hauen wir mit ihr ab.«

»Entspann dich mal, Winston. Ich erkläre es Rosie sofort.«

»Was sollst du mir erklären?«, erkundigt sich Rosie neugierig. »Und wieso seid ihr überhaupt hier? Ist ja nicht gerade das passende Wetter für einen Spaziergang.«

»Ja, du hast recht«, beginnt Odette. »Es gibt wirklich einen pfotenfesten Grund für unseren Besuch: Die böse Nichte ist wieder aufgetaucht. Und diesmal versucht sie nicht nur uns, sondern gleich alle Katzen umzubringen! Sie legt überall vergiftete Ölsardinen aus!«

Rosie maunzt erschreckt auf. »Nein! Bist du dir sicher?«

Odette nickt. »Bin ich. Jedenfalls fast. Und deswegen sind

wir auch hier. Es gibt ein Foto von der Frau. Ich denke, ich habe die Nichte darauf erkannt. Aber um wirklich ganz sicherzugehen, musst du es dir auch mal anschauen. Sonst können die Kinder das Foto nicht der Polizei geben, verstehst du? Und dann wird sie vielleicht noch mehr Katzen vergiften.«

»Das ist schlimm!«, ruft Rosie. »Natürlich helfe ich euch! Und diese Nichte würde ich unter Tausenden erkennen – ihr fieses Gesicht hat sich unauslöschlich in meine Erinnerung eingebrannt!«

»Wo wir gerade bei deiner Erinnerung sind«, mische ich mich ein, »Odette sagte, du wüsstest vielleicht auch, wo diese Frau wohnt?«

Rosie schnurrt zustimmend. »Ja, das stimmt. Marlene nimmt mich ab und zu mit, wenn sie im Viertel unterwegs ist. Und da sind wir schon ein paarmal an der Villa unseres alten Frauchens vorbeigekommen. Ich habe die böse Nichte dort im Garten stehen sehen. Am liebsten hätte ich ihr natürlich die Augen ausgekratzt!«

Hurra, das ist doch mal eine klare Ansage! Ich höre schon die Handschellen klicken! Wenn wir dann noch im Anschluss Sandros Erpresser schnappen, ist die Welt wieder ein halbwegs sicherer Ort. Na gut, vielleicht nicht die ganze Welt, aber zumindest unser Viertel.

Ich springe vom Bett auf den Boden und maunze unternehmungslustig. »Auf geht's, die Damen! Ich bin sehr gespannt, ob Rosie die Frau auf dem Foto wirklich identifizieren kann!«

Rosie schaut erstaunt. »Ihr wollt jetzt noch los? Aber draußen ist es dunkel und es schneit. Lasst uns lieber morgen starten. Heute Nacht wird die Frau schon keine Ölsardinen mehr auslegen. Gefroren würde die doch sowieso keine Katze fressen.«

Odette legt den Kopf schief. »Ich glaube, du hast recht. Lass uns hier übernachten, Winston. Ist doch ganz schön hier. Draußen ist es wirklich dunkel und ungemütlich. Das muss ja nicht sein.«

Wie bitte? Wer wollte denn unbedingt heute Abend noch los? Meine Idee war das nicht! Wenn ich nicht heimkomme, werden Werner, Kira und Anna umkommen vor Sorge. Babuschka bestimmt auch, selbst wenn sie es sich nicht anmerken lässt. Ich merke, wie ich sauer werde.

»Odette, ich hätte liebend gern auf unseren Ausflug heute Abend verzichtet. Für dich hab ich es trotzdem gemacht. Aber jetzt muss ich wieder nach Hause, ich kann auf keinen Fall hierbleiben. Und wenn du nicht mitkommen willst, dann versuche ich es eben allein.«

So. Gleiches Recht für alle! Ich mache eigentlich alles für Odette. Aber manchmal beschleicht mich das Gefühl, dass das nicht unbedingt die richtige Taktik ist, wenn man ernst genommen werden will.

Die Damen beäugen mich erstaunt. Selbst Marlene, die ja gar nicht wissen kann, was ich durch mein Fauchen eben zum Ausdruck gebracht habe, wundert sich.

»Gefällt es deinem neuen Freund hier nicht, Rosie? Er sieht so aus, als ob er dringend wieder weg wollte.«

Rosie blickt zwischen Odette und mir hin und her. »Tja, ihr beiden. Einigt euch. Ich würde lieber erst morgen los, aber bevor das hier in einen Ehestreit ausartet …«

Obwohl ich eben noch böse sein wollte, kann ich nicht anders, als mich über das Wort *Ehestreit* zu freuen. Anscheinend wirken Odette und ich eindeutig wie ein Paar, maunz und hurra! Äußerlich lasse ich mir aber nichts anmerken, sondern gebe immer noch den wild Entschlossenen.

Odettes Schwanzspitze schlägt unruhig hin und her. »Wenn das so ein Drama für dich ist, lieber Winston, dass du heute vielleicht nicht in deinem Bettchen schläfst, dann können wir selbstverständlich gleich zurücklaufen.«

Gut, das kam jetzt ein bisschen spitz.

Rosie kichert. »Herrlich, was sich neckt, das liebt sich! Aber nun Schluss mit Streit – und auf zu diesem ominösen Foto.«

Sie läuft zur Tür und kratzt daran, Marlene steht vom Bett auf und öffnet diese. Kurz darauf sind Rosie, Odette und ich schon unterwegs in Richtung Heimat. Die schönste Katze der Welt redet dabei zwar kein Wort mit mir, aber das ist mir heute egal. Gerade freue ich mich einfach darüber, dass ich auch mal den Ton angeben kann. Und die Sache mit dem Necken und Lieben – maunz, die macht mir doch Hoffnung!

Neue Erkenntnisse. Und Gespräche in der Küche.

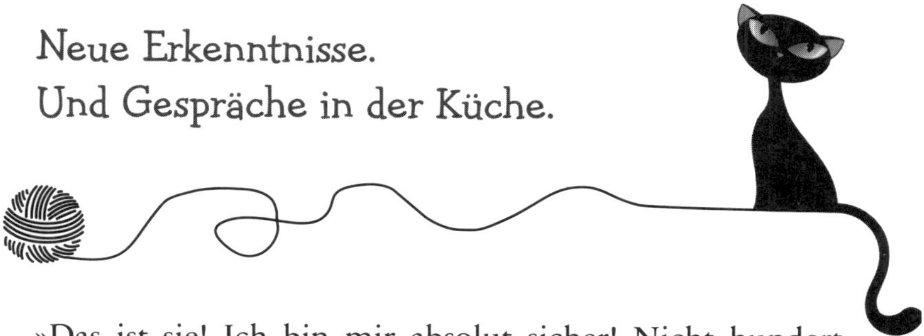

»Das ist sie! Ich bin mir absolut sicher! Nicht hundert-, sondern tausendprozentig!«

Rosie sitzt auf Kiras Bett und starrt auf das Handy. Ich maunze hochzufrieden vor mich hin.

Kira runzelt die Stirn. »Winston, es wäre zu schön, wenn ich noch deine Gedanken lesen könnte. Ich meine, du bist zwei Stunden wie vom Erdboden verschluckt – du hast sogar dein Abendessen verpasst!«, wundert sie sich, und allein bei der Erwähnung dieser erschütternden Tatsache zwackt mein Magen kurz vor Hunger.

»Und als Nächstes kreuzt du nicht nur mit Odette, sondern noch mit einer völlig fremden Katze wieder auf und stürzt dich auf das Ermittlungshandy.« Sie seufzt und setzt sich neben uns auf das Bett. »Dass du noch mal das Foto sehen wolltest, konnte ich mir ja schon denken – da wart ihr ja schon im Café ganz heiß drauf. Aber wer ist diese andere Katze? Warum habt ihr sie mitgebracht? Winston, irgendwann muss du mal lernen, einen Stift zu halten, damit du mir Antworten einfach aufschreiben kannst.«

Rosie schüttelt sich. »Na, dein Mädchen ist aber komisch, Winston! Was meint es denn mit *wenn ich noch deine Gedanken lesen könnte*? Klingt für meine Ohren ein bisschen verrückt, nicht wahr?«

Ich überlege kurz, Rosie und Odette die ganze Geschichte von Kiras und meinem Körpertausch zu erzählen, lasse es aber. Zum einen würden sie mir wahrscheinlich nicht glauben, zum anderen haben wir gerade Wichtigeres zu tun, als uns mit ollen Kamellen zu beschäftigen.

»Ach, das sagen Menschen einfach so mit dem Gedankenlesen, das hat nichts weiter zu bedeuten«, antworte ich deshalb. »Viel wichtiger finde ich gerade, wie wir die Verbrecherin möglichst schnell dingfest machen.«

»Genau«, maunzt Odette. »Und du denkst wirklich, du könntest unser altes Haus wiederfinden, Rosie?«

»Ja. Ich bin mir sicher. Allerdings vielleicht nicht gerade im Dunkeln, noch dazu im Schneegestöber. Also, das würde ich wirklich lieber morgen in Angriff nehmen. Denkt ihr, ich könnte hier übernachten?«

Odette nickt. »Bestimmt. Oder, Winston? Werner ist ein sehr gastfreundlicher Mensch. Kira sowieso.«

»Ja, schätze auch, dass das kein Problem ist. Vielleicht können wir dann gleich morgen früh suchen, bevor Werner und ich wieder zu Sandro gehen. Dem Lebensmittelerpresser müssen wir schließlich auch noch das Handwerk legen.«

So langsam artet diese Verbrecherjagd richtig in Stress aus!

Rosie schnurrt. »Sehr gut, dann bleibe ich hier.«

Eine Sache fällt mir dazu allerdings noch ein. »Meinst du aber nicht, dass sich Marlene Sorgen macht, wenn du heute Abend nicht zurückkommst?«

»Nein, sie weiß ja, dass ich mit Odette unterwegs bin. Und ich habe schon häufiger woanders übernachtet – etwa mit Odette im Park. Marlene kennt das.«

Miau. Ich scheine wirklich der einzige Weichei-Kater auf der Welt zu sein, der am liebsten und auch ausschließlich in seinem eigenen Bettchen schläft! Allein die Vorstellung, unter freiem Himmel schlafen zu müssen, ohne mein Körbchen, meine Kuscheldecke und mein Schmusetuch, ist furchtbar. Und vor allem: ohne leckeres Abendessen! Horror! Apropos – wir sollten dringend mal schauen, ob Babuschka noch wach ist. Vielleicht erbarmt sie sich und macht uns noch eine Kleinigkeit zu essen. Natürlich würde auch Kira mich nicht hungrig ins Körbchen gehen lassen, aber wenn es besonders lecker sein soll, muss eindeutig Babuschka ran.

»Kommt, Mädels«, fordere ich meine Kolleginnen deshalb auf, »lasst uns mal gucken, ob wir noch etwas zu fressen bekommen.«

Ich sause aus Kiras Zimmer in Richtung Küche, Odette und Rosie folgen mir. Tatsächlich brennt hier noch Licht, laute Stimmen diskutieren auf Russisch. Der Fall ist klar: Anna und Babuschka stehen in der Küche. Die Chancen auf ein leckeres Abendmahl steigen somit erheblich!

Als Odette, Rosie und ich im Gänsemarsch in die Küche

spazieren, werden wir jedoch zunächst gar nicht beachtet – die Damen des Hauses sind zu sehr in ihre Diskussion vertieft.

»Mama, mnje kaschetsja ideja s Satschel'nikam nje tak choroscha. Kak tol'ka padumaju, schto k nam w gostji Chagedorny prijedut – tak mnje srasu sche plocho stanowitsja! Schto, jesli ja astawlju u nich plochoje wpechatlenije? Schto, esli ja im nje ponrawljus'? Ja bi lutsche atmjenjila priglaschenije!«

Rosie guckt erstaunt und raunt mir zu: »Was ist das denn für eine Sprache? Ich verstehe kein Wort. Worüber reden die?«

»Das ist Russisch«, erkläre ich ihr. »Anna sagt ihrer Mutter gerade, dass sie Angst vor Heiligabend hat. Da haben sie nämlich die ganze Familie von Werner eingeladen. Werner ist gewissermaßen mein Herrchen. Anna war früher nur unsere Haushälterin, aber jetzt ist sie auch Werners Freundin und macht sich Sorgen, ob die Familie sie auch wirklich mag. Ich glaube, sie ist sehr nervös deswegen.«

»Aha.« Mehr sagt Rosie nicht dazu. Aber in dieser sehr kurzen Bemerkung steckt schon eine Menge Unverständnis für die Art und Weise, wie Zweibeiner ihr Zusammenleben organisieren. Offenbar kann sie sich nicht vorstellen, wie schrecklich es sein kann, jemandem wie Beate gegenübertreten zu müssen und gleichzeitig zu hoffen, dass diese Ziege einen doch irgendwie mag. Manchmal tun mir die Menschen leid. Bei ihnen ist alles immer so furchtbar kompliziert!

Werner kommt in die Küche. »Nanu? Was ist denn hier los?«, staunt er. »Zwei neue Katzen und eine russische Diskussionsrunde zu später Stunde?«

»Die Katzen gehören zu mir!«, ruft Kira vom Flur aus. »Odette kennt ihr doch und die andere ist ... äh ... da habe ich versprochen, mich bis morgen drum zu kümmern.«

Danke, Kira! Wir verstehen uns eben auch ohne Worte – das Mädchen ist einfach klasse! Aus ihr würde bestimmt mal eine erstklassige Püschellogin werden.

Werner seufzt. »Herrjemine! Langsam haben wir hier eine Katzenpension. Na ja, für eine Nacht wird es gehen. Und worüber sprecht ihr gerade?«, will er dann wissen.

Anna zögert, dann rückt sie mit der Sprache raus. »Ach, ich weiß nicht, ob das mit Heiligabend wirklich so eine gute Idee war.«

Werner hebt die Augenbrauen. »Warum? Das war doch Babuschkas ausdrücklicher Wunsch. Ich habe die ganze Hagedorn-Bande nur euretwegen eingeladen. Für mich ist Heiligabend ein Tag wie jeder andere und ich bin heilfroh, dass ich ihn die letzten Jahre immer ohne die gesamte Familie und den ganzen Zirkus wie Weihnachtsmann und Weihnachtsbaum verbringen durfte. Herrlich, das war immer so schön ruhig!«

»Och nee! Weihnachten ohne Weihnachtsbaum finde ich aber richtig doof!« Kira ist mittlerweile auch in der Küche gelandet. Langsam wird es hier eng ...

»Ja, ist in Ordnung.« Werner seufzt. »Ich kaufe demnächst einen. Aber wenn sich deine Mutter nun Sorgen wegen Heiligabend macht, frage ich mich, wozu wir das Ganze veranstalten. Wir können doch auch im kleinen Kreis feiern. Nur Babuschka, du, Anna und ich. Mir reicht das völlig.«

Babuschka schüttelt energisch den Kopf. »*Njet, njet!* Nein, nein! Haben wir eingeladen Familie, müssen wir auch feiern mit Familie! Werden wir zeigen, dass Familie Kovalenko ist sehrrr gute Gastgeber!«

Heilige Ölsardine! Babuschkas Tonfall nach zu urteilen, ist das für sie eine absolute Frage der Ehre, Bangemachen gilt da nicht.

Ich werfe Werner einen Blick zu – der sieht jetzt ähnlich unglücklich aus wie Anna. Nur Kira grinst vergnügt. Ihr scheint die Aussicht auf einen Heiligabend mit allem Drum und Dran sehr zu gefallen.

»Ich würde gern mal so richtig deutsche Weihnachten feiern«, bestätigt sie meinen Verdacht. »Wir haben bisher immer nur die russisch-orthodoxe Weihnacht gefeiert. Und die ist erstens zwei Wochen später, nämlich am siebten Januar, und zweitens viel ruhiger. Das wichtigere Fest ist in Russland sowieso Silvester, da gibt es dann auch die Geschenke.«

»Das ist mir sehr sympathisch«, lacht Werner. »Vielleicht sollten wir dann im nächsten Jahr mal in Babuschkas Heimat in Omsk feiern.«

Och nö! Ich muss zugeben, dass auch ich mittlerweile ein bisschen neugierig auf Heiligabend bin. Es wäre ja auch mein erstes richtiges Weihnachten. Wichtig wäre mir allerdings, dass alle Gäste ihre Blockflöten an der Garderobe abgeben müssen. Und dass irgendjemand dieser Beate ein großes Pflaster über den Mund klebt.

Werner stellt sich neben Anna und nimmt sie in den Arm. »Spatzl, wir werden das schon schaffen. Und abgesehen von Beate ist meine Familie auch wirklich nett. Du wirst sie mögen. Und sie werden dich mögen, da bin ich mir ganz sicher!« Dann küsst er sie sanft auf die Haare. Ich bin gerührt. So kenne ich meinen Werner wirklich erst seit Kurzem und ich finde, die Liebe zu Anna bekommt ihm gut. Auch Odette blickt verstohlen zu den beiden rüber und ich meine, ein Seufzen von ihr zu hören.

Gänzlich unempfänglich für solch zarte Momente ist allerdings Babuschka. Die klatscht stattdessen energisch in die Hände und ruft: »Gutt, gutt! Dann wir jetzt entscheiden, was sollen Gäste essen an Heiligabend! Ist schon nächste Woche, habe wir nicht viel Zeit für Planung! Will ich kochen *Kutja*, sehr traditionelles Essen für Weihnachten. Wird sein groß Uberraschung fur Familie Hagedorn! Lecker!«

Leckeres Essen! Richtig! Ein sehr wichtiges Stichwort! Wo bleibt eigentlich mein Essen?

Der frühe Vogel fängt die Dose. Und manchmal ist Erpressung erlaubt.

Eigentlich ist es ganz einfach, früh aufzustehen. Man muss nur aus dem Körbchen gekrochen kommen, wenn Kira morgens ins Badezimmer geht. Leider ist das trotzdem nicht gerade meine Spezialität, ich hasse frühes Aufstehen! Heute allerdings muss es sein – wenn man zwei Verbrecher gleichzeitig jagt, muss man sich den Tag wirklich gut einteilen. Also werden Rosie, Odette und ich erst nach dem Haus der alten Dame suchen und dort hoffentlich die Nichte finden, *und dann* werde ich mit Kira und Werner Sandro einen Besuch abstatten. Heilige Ölsardine, was haben wir uns da bloß vorgenommen? Vielleicht hätten wir doch mal Kontakt zur Polizei aufnehmen sollen …

Aber diese Überlegung kommt nun eindeutig zu spät, und als Kira an meinem Körbchen vorbeihuscht, drehe ich mich deswegen nicht, wie sonst, einfach noch einmal um, sondern stupse Odette und Rosie, die neben mir liegen, vorsichtig an.

»Guten Morgen, die Damen«, maunze ich. »Ich fürchte, wir müssen jetzt raus aus den Federn.«

Odette öffnet ganz vorsichtig erst mal nur ein Auge, Rosie hingegen ist sofort hellwach und schüttelt sich.

»Für mich kein Problem, um diese Zeit steht Marlene auch immer auf. Ihre Mutter sagt dann immer: *Der frühe Vogel fängt den Wurm!*«

Wurm? Igitt! Noch ein Grund weniger, sich zu nachtschlafender Zeit aus dem Bettchen zu kämpfen. Wer, bitte schön, will denn hier ernsthaft einen Wurm zum Frühstück präsentiert bekommen?

Offenbar steht mir die Abscheu deutlich um die Schnurrhaare geschrieben, denn jetzt kichert Rosie.

»Hey, Winston, das sagen die Menschen doch nur so. Die essen doch in Wirklichkeit auch keine Würmer. Sie wollen damit nur zum Ausdruck bringen, dass sie besonders viel schaffen, wenn sie sich früh an die Arbeit machen. Also, übertragen auf unseren Fall: *Die frühe Katze fängt die Maus.*«

Gut. Für meinen Geschmack ist das auch nicht viel besser. Bei *der frühe Kater bekommt eine frisch gekochte Geflügelleber mit Petersilie serviert* würde ich aber noch mal mit mir reden lassen. Allerdings ist es nicht sehr wahrscheinlich, dass diese Köstlichkeit schon in der Küche auf mich wartet. Ich kann natürlich trotzdem mal schauen.

Wie ich es mir schon dachte: Fehlanzeige. Mein Napf ist leer. Während also Kira Erdbeermarmelade auf ihr Toastbrot schmiert, gucken Rosie, Odette und ich essenstechnisch in die Röhre. Maunz! Dabei müssten wir uns doch gerade vor dieser wichtigen Mission stärken. Missmutig versetze ich meinem leeren Fressnapf einen Stoß mit der Tatze, sodass er scheppernd gegen meinen Trinknapf kracht.

»Hey, Winston – Randale?« Kira legt ihr Toastbrot auf den Teller und kommt zu mir. »Du bist aber ein echter Morgenmuffel! Ich wundere mich sowieso, warum du schon aufgestanden bist! Oder müssen Odette und ihre Freundin los?« Sie mustert uns nachdenklich. »Ihr plant doch irgendwas! Wenn ich nur wüsste, was! Hat es etwas mit dem Foto auf meinem Handy zu tun? Mit der Katzenhasserin?« Dann schüttelt sie den Kopf. »Ach, wahrscheinlich mache ich mir zu viele Gedanken und ihr habt einfach nur Hunger und wollt an die frische Luft. Ich guck mal, was ich für euch habe.« Sie geht zum Küchenschrank und holt eine Dose hervor. »Hier. Rind mit Reis. Klingt doch gut.«

Zwei Sekunden später liegt eine pappige braune Masse in meinem Napf. Bäh! Der frühe Kater muss nehmen, was ihm vorgesetzt wird!

Eine halbe Stunde später stehen wir vor Kiras Schule. Denn interessanterweise führt der Weg, den Rosie zum Haus ihres alten Frauchens einschlägt, direkt dort vorbei. Deswegen sind wir nun schon Kiras gesamten Schulweg mitgetrabt, worüber sich diese mittlerweile wundert.

»Wollt ihr drei mir jetzt eigentlich auf Schritt und Tritt folgen?«

Ich schüttle den Kopf. Nee, wir sind hier nur auf der

Durchreise. Also, glaube ich jedenfalls. Vorsichtshalber erkundige ich mich bei Rosie. »Sag mal, Rosie, du bist dir aber schon sicher, dass dies der richtige Weg ist, oder? Denn das Gebäude ist Kiras Schule. Da könnt ihr also schon mal nicht mit der alten Dame gewohnt haben.«

»Natürlich nicht«, erwidert Rosie. »Es ist nur zufällig der gleiche Weg. Bis zu dem Haus ist es aber noch ein ganzes Stück. Lasst uns weiterlaufen!«

Rosie trabt los. Ich will schon hinterher, als mir auffällt, dass Odette zögert.

»Was ist denn?«, will ich von ihr wissen.

»Na ja, ich dachte nur … wo wir schon hier sind und doch bestimmt auch Pauli und Tom gleich kommen … wollen wir nicht versuchen, die Kinder zu fragen, ob sie uns begleiten? Immerhin sind sie doch in derselben Mission unterwegs. Und diese Frau ist gemeingefährlich – wer weiß, was passiert, wenn sie uns sieht!«

Ich überlege kurz. In dieser Zeit biegen wirklich gerade Tom und Pauli um die Ecke und laufen auf Kira zu.

»Na gut. Einen Versuch ist es sicherlich wert. Ich sehe mal, ob ich es den Kindern irgendwie begreiflich machen kann.« Immerhin hatte Kira beim Frühstück doch schon den richtigen Riecher!

Rosie kommt wieder zu uns zurück. »Worauf wartet ihr beiden denn? Ihr hattet es doch eben noch so eilig!«

»Wir haben uns überlegt, dass es vielleicht schlau ist, die Kinder mitzunehmen. Gewissermaßen als Geleitschutz«, erkläre ich ihr.

»Geleitschutz?«, echot Rosie ungläubig. »Wozu?«

»Ist doch wohl klar: Die böse Nichte schreckt ja, wie wir wissen, leider nicht vor Gewalt zurück. Und die Kinder haben überhaupt erst damit angefangen, die Tierquälerin zu jagen. Das sind nämlich echte Spitzendetektive. Ich würde mich auch wohler fühlen, wenn wir sie dabeihätten.«

Rosies Schwanz zuckt hin und her. »Aber wie willst du denen denn begreiflich machen, was wir vorhaben?«

»Lass das mal meine Sorge sein. Ich habe einen spitzenmäßigen Draht zu Kira.« Mit diesen Worten laufe ich zu meiner zweibeinigen Freundin, die gerade im Begriff ist, mit ihren Freunden im Schulgebäude zu verschwinden. Die Stufen hinauf zum Eingang haben sie schon erklommen. Ich erwische die drei gerade noch, bevor sie durch die Tür gehen, und schmeiße mich ihnen regelrecht in den Weg.

»Hoppla, Winston, nun wäre ich aber fast über dich gestolpert!«, ruft Tom. »Was machst du denn hier?«

»Der benimmt sich heute irgendwie seltsam«, erzählt Kira. »Sonst schläft er immer so lange aus, aber heute früh wollte er unbedingt mit mir zusammen aufstehen. Außerdem haben sowohl Odette als auch so eine komische Tigerkatze bei uns geschlafen. Und alle wollten sie gestern Abend noch das Foto mit der Tierquälerin sehen. Ich vermute also ganz stark, dass Winstons komisches Verhalten irgendwas mit der Frau zu tun hat.«

Ich schnurre, so laut ich nur kann. »Aha, ich liege also richtig!«, ruft Kira. Ich springe wieder auf meine vier Pfoten und laufe die Treppe hinunter zu Rosie und Odette, gucke dann über meine Schulter zu den Kindern rüber und fauche. *Los, folgt uns!* Ich hoffe, das ist einigermaßen verständlich.

Tom kratzt sich am Kopf, Pauli reißt die Augen auf. Maunz, da muss ich irgendwie noch deutlicher werden. Im Gebäude ertönt der Gong – gleich geht die Schule los und die Kinder müssen eigentlich rein. Viel Zeit bleibt also nicht mehr. Ich probiere es deshalb mit einer ganz auffälligen Variante: Ich umkreise Rosie und Odette, fauche und springe auf und ab. Dann tue ich so, als ob ich etwas am Boden erschnüffeln und auffressen würde, nur um eine Sekunde später umzufallen und zuckend alle viere von mir zu strecken. Die Kinder starren mich an.

»Also, es muss irgendetwas mit den vergifteten Ködern zu tun haben. So weit war ich schon. Und offenbar will Winston nicht, dass wir in die Schule gehen«, schlussfolgert Kira ganz richtig.

Pauli kichert. »Tja, ich schätze, dagegen dürfte Frau Rosenblatt etwas haben.« Frau Rosenblatt ist die strenge Direktorin des Wilhelminen-Gymnasiums. Ich könnte mir vorstellen, dass sie tatsächlich nicht viel Verständnis für unentschuldigtes Fernbleiben vom Unterricht hat.

»Aber wenn die Katzen wirklich etwas entdeckt haben, sollten wir ihnen unbedingt folgen – Rosenblatt hin, Rosenblatt her«, überlegt Pauli nun. Gute Frau!

Tom zögert noch.

Kira knufft ihn in die Seite. »Komm schon! Winston hatte doch schon oft den richtigen Riecher. Und so kurz vor den Ferien passiert sowieso nichts Spannendes mehr in der Schule. Hätte auch den Vorteil, dass wir uns gleich noch vor den Supermarkt stellen können, in dem der alte Mann die Tierquälerin gesichtet hat. Und nicht erst heute Nachmittag!«

»Stimmt, ja. Aber einfach so schwänzen? Also, ich weiß nicht …«

Alter Bedenkenträger! Tom nimmt die Schule einfach zu ernst! In diesem Moment hetzt Leonie an den dreien vorbei die Treppe hoch. Leonie ist das, was man gemeinhin unter Menschen als *blöde Kuh* oder auch *doofe Ziege* bezeichnet. Und obwohl ich es ziemlich unfair finde, dass immer wir armen Tiere herhalten müssen, wenn Zweibeiner Charaktermängel zeigen, so erscheint es mir im Fall von Leonie doch gerechtfertigt. Sie ist nämlich mit Abstand das unsympathischste Mädchen in Kiras Klasse.

Auch jetzt wirft sie Kira, Pauli und Tom einen bösen Blick zu und zischt: »Na, scharf auf einen Strich wegen Zuspät-Kommens?«

Da hat Pauli anscheinend eine Idee. Unsanft packt sie die doofe Leonie am Ärmel und hält sie fest. »Nein, kein Strich. Sondern eine Spitzenentschuldigung. Du gehst jetzt schnell ins Sekretariat und sagst Bescheid, dass Kira schlecht geworden ist und Tom und ich sie nach Hause bringen.«

Leonie lacht höhnisch. »Ach ja? Warum genau sollte ich das tun?«

Pauli lächelt zuckersüß. »Vielleicht, damit ich deinen Eltern nicht erzähle, dass du in Mathe neulich eine Fünf geschrieben hast? Ich habe nämlich gesehen, wie du die Arbeit selbst unterschrieben hast. Was mich auf eine Idee bringt. Ich könnte natürlich auch gleich Frau Rosenblatt erzählen, dass du Unterschriften unter schlechten Arbeiten fälschst.«

Zack! Das hat aber richtig gesessen. Leonie schnappt schockiert nach Luft. Grundgütiges Katzenklo, diese Pauli ist auch mit allen Wassern gewaschen!

Schnell scheint sich die Oberzicke wieder zu fangen. »Okay. Wenn du mich unbedingt erpressen willst … Ich sage im Sekretariat Bescheid. Aber dann kein Wort mehr über die Arbeiten!«

Pauli hebt die Hand. Da ist es offenbar wieder, dieses Indianerdings! »Ich schwöre! Und nun rein mit dir, damit du es noch rechtzeitig schaffst!«

Sie dreht sich wieder zu Tom. »Also mit dieser Eins-a-Entschuldigung spricht doch nichts mehr dagegen, dass wir uns auf den Weg machen, oder?«

Tom starrt sie an. »Pauli, du bist einfach unglaublich. Ein Teufelskerl – nein, Teufelsweib!

Er dreht sich zu mir. »Dann mal los, Winston. Zeig uns, wo ihr hinwollt!«

Eine alte Villa.
Und eine neue Entdeckung.

Das Haus ist riesig und vermutlich das, was Menschen eine *Villa* nennen. Weiß, mit einem Türmchen auf einer Seite und einem Eingangsportal, über dem sich ein Torbogen befindet. Alles in allem also sehr eindrucksvoll, wenn nicht … ja, wenn es nicht völlig heruntergekommen wirken würde.

Nun bin ich natürlich nur ein Kater und habe als solcher auch keine Ahnung davon, wie Zweibeiner ihre Häuser pflegen. Aber hier blättert schon die Farbe von der Fassade, in einigen Fenstern sind Sprünge und im Garten liegt Bauschutt herum, der nur deswegen nicht sofort ins Auge fällt, weil der Schnee ihn gnädig bedeckt. Kein Weihnachtsschmuck, keine Lichterkette hinter den Fenstern. Ich kann mir beim besten Willen nicht vorstellen, dass das so gehört. Vielleicht wohnt hier auch niemand mehr und die böse Nichte ist längst ausgezogen? Das wäre natürlich ausgesprochenes Pech. Dann müssten wir wohl doch in den nächsten Tagen vor dem Supermarkt rumlungern und hoffen, dass sie uns irgendwann in die Falle geht.

Auch die Kinder schauen erstaunt, als Rosie vor genau diesem Haus stehen bleibt.

»Hier ist es!«, ruft sie Odette und mir aufgeregt zu. »Ganz bestimmt.«

»Erkennst du es wieder?«, frage ich trotzdem Odette.

»Ich bin mir nicht sicher. Es sieht auf einmal so anders aus als in meiner Erinnerung.«

»Und was soll hier sein? Etwa die Katzenhasserin?«, fragt mich Kira jetzt zweifelnd. Ich schlage mit dem Schwanz hin und her. Maunz, ich hoffe doch!

»Ist ja 'ne richtige Bruchbude hier!«, stellt Pauli fest. »Also, ich glaube nicht, dass hier noch jemand wohnt. Das war wohl ein blinder *Katzenalarm*.«

Maunz! Was meint Pauli damit? Nett klingt es jedenfalls nicht und ich fange an, mich zu ärgern, dass wir die Zweibeiner überhaupt mitgenommen haben. Vielleicht hätten wir Samtpfoten erst einmal die Gegend erkunden sollen. Kira und Pauli sehen so aus, als wollten sie auf dem Absatz wieder kehrtmachen. Nur Tom geht näher an das Haus heran.

»Ich kann mir nicht vorstellen, dass jemand so ein tolles Haus in dieser feinen Gegend einfach verkommen lässt«, wundert er sich. »Da stimmt doch irgendetwas nicht. Kommt, wir schauen uns das mal genauer an.«

Er geht auf die Einfahrt des Hauses zu und rüttelt an der Klinke des Törchens, das in einen verrosteten Zaun eingelassen ist. Dieser umgibt das gesamte Anwesen, was nicht besonders einladend aussieht. Das Törchen schwingt mit einem lauten Quietschen auf. Schon steht Tom im Vorgarten. Oder besser gesagt: in dem, was wohl einmal der Vorgarten gewesen sein muss. Nun ist es ein Lager für leere Paletten, Eimer und einen Hügel aus Ziegelsteinen. Bedeckt von dem Schnee sieht das Gebilde fast aus wie eine überdimensionale Buttercremetorte.

»Lasst uns auch mal gucken«, fordert uns Rosie auf und läuft an Tom vorbei auf das Grundstück. Odette und ich folgen ihr und traben an der linken Seite des Hauses entlang. Auch hier sieht es nicht besonders einladend aus: Ein Kellerfenster ist eingeschmissen, der Zaun hat riesige Löcher. Weiter hinten im Garten stehen Kästen, deren Zweck sich mir nicht sofort erschließt. Odette scheint das aber anders zu gehen: Sie stürmt auf einen dieser Kästen zu und springt mit einem beindruckenden Satz darauf.

»Ja, hier sind wir richtig!«, ruft sie uns von oben zu. »Ich erinnere mich wieder genau – das sind die alten Hochbeete unseres Frauchens! Hier hat sie im Frühling immer Kräuter und Salate angebaut.«

»Hab ich doch gleich gesagt!«, maunzt Rosie fast ein bisschen beleidigt und läuft weiter um das Haus.

»Wenn du mich fragst«, wende ich mich an Odette, »das Haus sieht irgendwie unbewohnt aus. Vielleicht ist die Nichte umgezogen. Dann bringt uns dieser alte Kasten leider auch nicht weiter.«

Mittlerweile sind die Kinder uns gefolgt und stehen auch mitten im Garten. Tom geht zu einem der Fenster und schaut hindurch.

»Stehen noch Möbel drin«, stellt er fest. »Also scheint da doch noch jemand zu wohnen.«

In diesem Moment fliegt mit einem lauten Krach eines der Fenster im ersten Stock auf. Mir bleibt vor Schreck fast das Herz stehen – und auch die Kinder springen zurück. Ein bärtiger Mann lehnt sich heraus, sein Gesichtsausdruck schwankt zwischen *grimmig* und *sehr grimmig*.

»Hey, was macht ihr auf meinem Grundstück?!«, schreit er uns an. »Haut ab! Aber sofort!«

Tom tritt einen Schritt zurück und schaut nach oben. »Entschuldigen Sie bitte! Wir wollten nur wissen, ob hier vielleicht auch eine Dame wohnt, die …«

Weiter kommt er nicht – wobei ich mich auch frage, was er als Nächstes hätte sagen wollen. *Eine Dame, die in ihrer Freizeit gern Katzen vergiftet?* Aber wie gesagt – so weit kommt er auch nicht, denn jetzt greift der bärtige Mann zu etwas, was ich aufgrund meiner bescheidenen Kenntnisse aus verschiedenen Fernsehserien für ein Gewehr halten würde. Heilige Ölsardine! Will der etwa auf uns schießen?

»Haut ab, sage ich! Oder ich mach euch Beine!« Er fuchtelt mit dem Gewehr herum.

Entsetzt laufen Kira, Pauli und Tom vom Garten wieder auf die Straße.

»Krass, der ist ja total verrückt!«, japst Pauli.

»Ja«, meint Kira, »wir sollten die Polizei rufen!«

Auch ich habe mich schnell in Sicherheit gebracht und verstecke mich hinter Kiras Beinen. Nur Rosie und Odette stehen immer noch wie angewurzelt bei dem ehemaligen

Hochbeet und starren hoch zum dem Fenster. Der Mann ist allerdings schon wieder verschwunden.

»Los, ihr beiden! Lauft schnell! Der kommt bestimmt gleich aus dem Haus raus, um uns zu jagen«, rufe ich den beiden zu. Keine Reaktion.

»Hey, was ist los? Hat euch jemand da festgeklebt? Kommt endlich!«

Ganz langsam setzen sich Odette und Rosie in Bewegung. Wie in Zeitlupe kommen sie aus dem Garten geschlichen. Immer wieder stecken sie ihre Köpfe zusammen.

Als sie endlich neben uns stehen, bin ich schon ziemlich genervt. »Mann, Mann, Mann – was sollte das denn? Wolltet ihr euch unbedingt erschießen lassen?«

»Natürlich nicht!«, faucht mich Rosie an.

»Wir wollten uns nur ganz, ganz sicher sein«, ergänzt Odette.

»Sicher? Worüber denn? Dass Katzen wirklich neun Leben haben?«

»Nein!«, rufen die beiden wie im Chor. Dann erklärt Rosie: »Wir wollten uns nur ganz sicher sein, dass er es wirklich ist.«

»Wer? Er? Und was denn überhaupt?«

»Na, der Typ mit dem Bart.«

»Hä?«, frage ich nach.

»Der Typ mit dem Bart ist eindeutig der Freund der Nichte. Und wenn er hier lebt, wird auch sie nicht weit sein. Das heißt also, wir haben sie tatsächlich gefunden.« Odette richtet sich zu voller Größe auf und wiederholt es noch einmal: »Winston, wir haben die Tierquälerin gefunden!«

Maunz, das ist natürlich großartig! Aber wie erklären wir das den Kindern? Die haben hier schließlich nicht die Frau auf dem Foto gesehen, sondern nur einen Typen mit Bart. Wobei es beim Stichwort »Bart« gerade irgendwie bei mir klingelt. Und nicht nur bei mir: Auch Kira legt den Kopf schief und scheint über irgendetwas Wichtiges nachzudenken.

»Moment mal, Leute – hat diese Arzu nicht gesagt, der Typ mit den vergifteten Leberwurststücken hätte einen Bart getragen? Und sei noch jünger gewesen?«

Pauli nickt. »Klar, hat sie.«

Tom fängt an zu grinsen. »Na, dann sind wir hier vielleicht doch auf der richtigen Fährte. Ich meine – die Katzen wollten uns hier doch irgendwas zeigen, was mit der Tierquälerin auf dem Foto zu tun hatte. Sonst hätten sie nicht so ein Theater gemacht. Sie lotsen uns zu diesem Haus, und …«

»Und hier treffen wir auf einen völlig aggressiven, durchgeknallten Kerl mit Bart«, ergänzt Kira. »Stimmt. Das ist mit Sicherheit kein Zufall. Die beiden hängen bestimmt zusammen. Sozusagen ein Tierquälerpärchen. Herr Sönnichsen hat SIE beobachtet und Arzu IHN. Aber es ist in Wirklichkeit ein gemeinsamer Tatplan.« Sie schüttelt sich unwillkürlich. »Wie krank ist das denn?«

»Okay, ich glaube, ihr habt recht. Aber was machen wir nun?«, überlegt Pauli laut. »Wir könnten bei den Bullen anrufen und sie bitten, die Bude hier mal richtig auf den Kopf zu stellen. Vielleicht finden die dann etwas Verdächtiges.«

Tom kratzt sich am Kopf. »Bist du sicher, dass die wegen so eines vagen Verdachtes hier aufkreuzen?«

»Wieso vage?«, fragt Kira. »Die Katzen wollten hier unbedingt hin und diese Arzu hat jemanden mit Bart gesehen.«

»Würde mich trotzdem nicht aus dem Revier locken, wenn ich ein Polizist wäre. Diese Arzu ist nicht hier, um den Mann zu identifizieren. Und die Frau von dem Foto haben wir hier noch nicht gesehen. Ich fürchte, das reicht nicht.«

»Arzus Nummer habe ich notiert«, wirft Kira ein, »die könnte ich anrufen. Allerdings ist sie wahrscheinlich gerade in der Schule, schwänzt ja nicht jeder so wie wir. Und die Frau … tja, vielleicht kommt die ja noch.«

»Vielleicht. Aber willst du jetzt die nächsten Stunden hier rumstehen?«

»Sagen wir mal so: Wenn ich hier die Frau von dem Foto gesehen hätte, hätte ich jetzt schon die Polizei informiert.« Kira klingt sehr entschlossen.

»Hätte, hätte, Fahrradkette«, bemerkt Pauli trocken. »Haben wir aber leider nicht. Und ich fürchte auch, wenn wir hier noch länger rumlungern, kommt gleich wieder der Verrückte an. Schaut mal, der beobachtet uns schon durch das Fenster!«

Tom und Kira drehen sich um und auch ich gucke in Richtung Haus. Tatsächlich! Hinter dem Fenster, das zur

Straße zeigt, kann man eindeutig die Umrisse des Kerls sehen. Miauuuu – unheimlich!

»Ja, lasst uns mal abhauen«, rät Tom und ich muss ihm zustimmen. Ich möchte auch nicht länger an diesem Ort bleiben.

Kira seufzt. »Gut. Ich werde aber später noch mal versuchen, Arzu zu erreichen. Vielleicht kann sie den Mann hier identifizieren. Und vielleicht taucht die Frau auch noch mal auf. Ich werde dann gleich mal mit Winston zu Sandro gehen. Wir wollten heute seinen Laden ganz genau unter die Lupe nehmen.«

»Echt? Warum denn?«, will Pauli wissen.

»Ach, das ist eine lange Geschichte. Erzähl ich euch auf dem Rückweg.«

Die Kinder laufen los in Richtung nach Hause. Ich warte kurz auf Rosie und Odette. Aber die kommen einfach nicht hinterher.

»Hey, wollt ihr etwa warten, bis euch der Verrückte ein Loch in den Pelz brennt?«, rufe ich den beiden zu.

»Nein, natürlich nicht«, antwortet Odette. »Aber wir haben uns überlegt, das Haus noch ein bisschen zu beobachten.«

»Wozu?«, will ich wissen.

»Ganz einfach«, erläutert Rosie. »Wenn die böse Nichte doch noch kommt, dann hätten wir genau den Beweis, den die Kinder brauchen, um die Polizei zu holen. Richtig?«

»Ähem, ich glaube schon.« Mir schwant Übles!

»Na also. Wenn die hier auftaucht, dann laufen wir los

und sagen dir Bescheid. Und du wiederum sagst dann den Menschen Bescheid. Verstanden?« Odette spricht mit mir, als wäre ich besonders schwer von Begriff.

»Natürlich habe ich das verstanden«, erwidere ich leicht angesäuert. »Ich frage mich nur, ob das nicht zu gefährlich ist.«

Rosie kichert. »I wo! Was soll denn da passieren?«

Heilige Ölsardine! Ich hoffe, sie hat recht!

Mit Speck fängt man Mäuse. Und mit einer Kamera hoffentlich einen Erpresser.

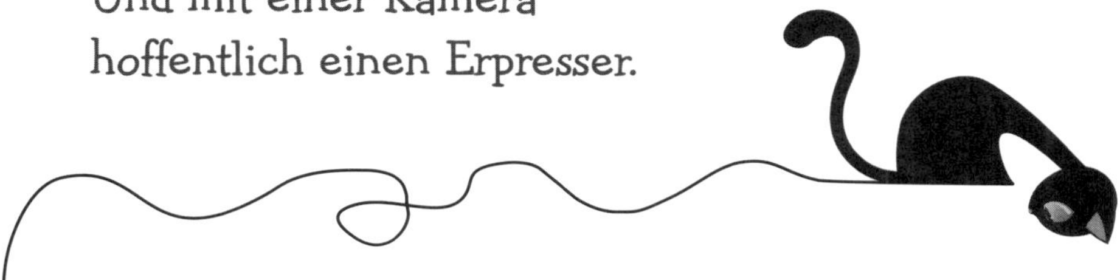

»Ich abe alles neue gekauft! *Tutto!* Alles, alles! Guckstu hier, Werner!«

Sandro steht vor uns in seiner kleinen Küche und weist mit einer ausholenden Armbewegung auf die Regale an der Wand. Soweit ich das beurteilen kann, stapeln sich dort Lebensmittel in allen Formen: Packungen mit Nudeln oder Reis, diverse Dosen, ein Netz mit Zwiebeln, Zitronen, Gewürzschachteln, Töpfe mit Kräutern und, und, und … es ist das wahre Paradies. Oder besser: könnte es sein. Denn Fisch oder Fleisch entdecke ich leider nirgends. Maunz, ich hoffe, Sandro hat im Zuge der Erpressung nicht vor, aus seinem tollen Ristorante einen Vegetarier-Treff zu machen. Das wäre so gar nicht nach meinem Geschmack!

»Und wo lagerst du die verderblichen Sachen?«, erkundigt sich Kira.

»In die Kühlehaus. Oder bessärr: Kühlekammer. Isse sähr klein. *Momento.*«

Er geht an uns vorbei zu einer anderen Tür, die mit einem imposanten Hebel verschlossen ist, und wir folgen ihm. *Wir*, das sind diesmal übrigens nicht nur Werner, Kira und ich, sondern auch noch Pauli und Tom. Nachdem ihnen Kira die Geschichte von der Erpressung erzählt hatte, wollten sie natürlich unbedingt mitkommen. Keine schlechte Idee, lieber ein paar Ermittler mehr als zu wenig! Auch Sandro hatte nichts dagegen und so drängen wir uns nun alle in dem kleinen Durchgang zwischen Küche und Kühlkammer.

Sandro legt den Hebel um, die Tür öffnet sich, sehr kalte Luft strömt uns entgegen. Und sofort rieche ich es: HIER lagern Fisch und Fleisch! Neugierig schlängele ich mich durch diverse Beine in den kleinen Raum und schaue mich um: auch hier Regale, aber auch Haken, an denen Schinken und Würste hängen. Ein wunderbarer Anblick! Lieber Katzengott, sollte ich mal aus Versehen irgendwo eingesperrt werden, dann lass es hier sein!

Sandro steckt seinen Kopf in die Kammer. »*Anche il carne* – auch dasse Fleisch! Alles neu! Atte mich eine Vermogen gekostet. War sähr, sähr teuer. *Ma* – aber: 'Abbe ich genau so gemacht, wie du gesagt, Werner! Nun ich kann sicher sein, dass iste nix vergiftet. Wenn wir jetzt finden in die nächste Tage Gift, dann iste neu gekommen dazu.«

Werner nickt. »Sehr gut, Sandro. Und du bist sicher, dass niemand mitbekommen hat, dass du den Laden komplett neu ausgestattet hast?«

»*Si! Nessuno!* Niemand! 'Abbe ich gestern noch mein Kuchenhilfe angerufen und gesagt, *la mia nonna*, mein Großmutter, ist sähr krank. Ich musse besuchen in *ospitale*, in

Krankenhaus. Und 'abbe ich noch Zettel an Tur gehängt und geschrieben, dass wegen Problem in *famiglia* iche mache erst wieder um 17 Uhr auf. Also, *nessuno*, niemand, ahnt etwas! Nur die Erspresser ich habe gestern schon SMS geschrieben.«

Sehr schön! Sandro hat also alles perfekt vorbereitet für … äh, maunz, wofür eigentlich? Wie genau fangen wir jetzt den bösen Erpresser?

»Was ist denn der genaue Plan?«, erkundigt sich auch Tom. Puh, Gott sein Dank bin ich hier also nicht der Einzige, der nicht so recht weiß, wie es jetzt weitergeht.

»Wir werden jetzt von allen Regalen und dem Lager Fotos machen, die genau dokumentieren, was wo steht. Sandro wird hier nichts mehr anfassen, offiziell muss er sich doch um seine kranke Oma kümmern«, erklärt Werner.

»Genau. Kuchenhilfe kommt um vier. Dann mache ich Ubergabe und erzähle, ich muss schnell weg wegen *la mia nonna*.«

Werner guckt auf seine Uhr. »Okay, dann sollten wir jetzt mal Gas geben. Ich mache die Fotos. Hast du auch eine Überwachungskamera besorgt? Oder besser zwei? Dann können wir eine in der Küche und die andere im Lagerraum installieren. Mit den Kameras sehen wir nämlich, wer sich alles in der Küche und im Lager rumtreibt. Und wenn dann etwas hingestellt wird, was da vorher nicht war oder sich jemand an irgendwelchen Dosen und Behältern zu schaffen macht, dann sehen wir, wer das gewesen sein kann.«

»*Si.* So machen wir. Und 'abbe ich besorgt *due* Webcam. Zwei Kamera.«

Bei meinen Schnurrhaaren! Jetzt fühle ich mich langsam wirklich wie beim Geheimdienst! Sandro verschwindet kurz in seinem Büro und kommt mit einer Tüte zurück, aus der er zwei schwarze Kugeln mit einer Art Sockel holt.

»Die waren ganz billig in Geschäft. Nur funfzig Euro pro Kamera. Verkaufer hatte mir gesagt, dass macht trotzdem gute Bild und Film. Und läuft über W-LAN, kann ich verbinden mit Computer. 'abbe mein Laptop mitgebracht, dann wir können sehen, was Kamera alles zeigt, und es einstellen *perfetto*.«

»Super, Sandro!«, freut sich Kira.

»Aber wir müssen aufpassen, dass wir das Teil so aufstellen, dass es nicht zu sehen ist«, wirft Tom ein.

»*Si, certo!* So machen wir. Stelle ich ganz hoch, wo niemand hinsieht.«

Sandro greift hinter die Tür und holt einen Tritthocker hervor. Dann nimmt er die Kamera, steigt auf den Hocker und stellt die Kamera auf den Vorsprung des Türrahmens. Wieder auf dem Boden angekommen, klappt er seinen Laptop auf und tippt darauf herum.

»So, jetzt musste verbunden sein. 'atte Verkaufer mir so erklärt.« Er dreht den Laptop zu Werner und den Kindern herum. Sie mustern neugierig den Bildschirm – nur ich kann nichts sehen! *Maunz! Hallo! Ich bin hier unten!!*

»Ja«, brummt Werner schließlich. »So könnte es gehen. Man sieht die Regale und den Herd. Was man nicht sieht, ist der Boden. Aber da wird sich schon nichts Wichtiges abspielen.«

Als Nächstes suchen wir in der Kühlkammer nach einem geeigneten Fleckchen für die Kamera und auch hier stellt Sandro sie schließlich auf den oberen Türrahmen. Vorsichtshalber befestigt er beide Kameras noch mit Doppelklebeband an der Wand – hält!

Werner fotografiert alle Regale, baumelnden Schinken und sonstigen Sachen ab, an denen sich ein Giftmischer zu schaffen machen könnte. Tom, Kira und Pauli verfolgen auf dem Laptop, ob man ihn gut dabei sehen kann. Ergebnis: Man kann! Ich würde sagen, der Erpresser ist so gut wie geschnappt! Wenn er sich denn von Sandros empörter SMS aufscheuchen lässt. Aber da es um viel Geld geht, wird hoffentlich die Gier siegen und den Verbrecher in unsere Arme beziehungsweise Tatzen treiben.

Eine Stunde brauchen wir, dann sind wir mit allen Vorbereitungen fertig.

»*Alora*, dann musse ich nur noch Laptop rund um die Uhr beobachten. Und hoffen, dass tatsächlich die Errpresser kommt hierher.«

»Wo Sie gerade *rund um die Uhr* sagen«, meldet sich nun Pauli zu Wort. »Was halten Sie davon, wenn wir auch ein paar Schichten übernehmen? Sie können schließlich nicht vierundzwanzig Stunden vor dem Bildschirm hängen.«

»Grazie, kleine *signorina*! Das iste gute Idee! Viele Dank! Dann bringe ich euch meine Laptop vorbei, wenn ich keine Zeit mehr habe für Beobachtung!«

Tom kramt einen Block aus seiner Hosentasche. »Okay, ich notiere mal kurz, wer wann dran ist. Also, Sandro, welche Schicht möchten Sie übernehmen?«

Bei meinem Kratzbaum, meine Agentenfreunde haben es einfach drauf!

Wieder zu Hause angekommen, laufe ich als Erstes in den Innenhof. Hoffentlich sind Rosie und Odette wieder da. Vor lauter Lebensmittelerpresser-Überwachung hatte ich fast vergessen, dass die schönste weiße Katze der Welt und ihre Freundin auch gerade auf Verbrecherjagd sind.

»Hey, Spike«, rufe ich, als ich das Kuscheleckchen vor dem Trockenraum erreiche, »hast du vielleicht Odette gesehen? Sie ist mit 'ner anderen Katze unterwegs, Rosie. Ziemlich auffällige Kollegin, hat einen schwarzen Balken im Gesicht und irgendwie geschecktes Fell – so mit großen schwarzen und helleren Flecken, die sich abwechseln.«

»Ah, du meinst eine Schildpattkatze?«

»Ähm, wahrscheinlich.«

»Ja, ja«, bestätigt Spike, »so heißen die.«

»Ja, und?«

»Und was?«

»Hast du sie gesehen?« Meine Güte, ist der heute wieder schwerfällig! Gegen den ist eine Schnecke ein ICE!

Spike schüttelt den Kopf. »Nein, tut mir leid. Habe ich nicht.«

Mist, Mist, Mist! Beobachten die etwa immer noch das Haus? Oder ist ihnen etwas dabei passiert? Ich überlege, ob ich auch alleine zu der alten Villa finden würde. Dann könnte ich mal nach dem Rechten sehen.

Bevor ich mir aber noch schlüssig geworden bin, was jetzt am besten zu tun ist, kommt Kira durch den Durchgang zum Innenhof und ruft nach mir.

»Winston, steckst du hier irgendwo? Ich geh mit Werner und meiner Mutter jetzt einen Weihnachtsbaum kaufen. Willst du mitkommen? Ist doch auch dein erster Heiligabend mit Baum.«

Klar, da komme ich gern mit! Und vielleicht kann ich Kira danach zu der Villa lotsen, die weiß bestimmt noch, wo das Haus steht.

»Okay, Spike«, verabschiede ich mich, »wenn du Odette siehst, sag ihr bitte, dass ich sie gesucht habe. UND dass sie nichts mehr ohne mich unternehmen soll.«

Spike grinst. »Ihr Leben lang nicht? Oder nur heute?«

Haha. Sehr witzig. Aber soll er ruhig Sprüche klopfen. Wahrscheinlich ist er nur neidisch, weil ich mittlerweile so viel mit Odette unternehme. Und das kann ich sogar verstehen!

Weihnachtsbaumkauf für Anfänger. Agentenleben für Fortgeschrittene.

»Dieser hier ist doch schön, oder nicht?«

Werner steht inmitten eines kleinen Tannenwäldchens. Oder besser gesagt: Er steht inmitten von etwas, das *aussieht* wie ein Wäldchen. In Wirklichkeit sind es viele kleine und größere Tannenbäume, die in einem abgezäunten Karree auf dem Bürgersteig abgestellt wurden. Die Zweibeiner, die ein solches Bäumchen haben wollen, laufen nun von Tanne zu Tanne, drehen und wenden diese, unterhalten sich mit den anderen Zweibeinern über Wuchs und sonstiges Aussehen, sind einer Meinung, streiten sich – und entscheiden sich schließlich, welche Tanne zu Hause zum Weihnachtsbaum werden soll.

Genauso machen es auch meine Menschen: Werner zieht ein um das andere Bäumchen hervor und zeigt es Anna und Kira. Die Damen sind allerdings äußerst anspruchsvoll und nur schwer zufriedenzustellen.

»Ich weiß nicht«, meint Anna zu dem neuen Exemplar. »Findest du nicht, dass der schief ist?«

Werner tritt einen Schritt zurück. »Nee. Finde ich nicht.

Der ist doch gerade. Hier unten ist der Stamm, oben die Spitze, sieht für mich aus wie eine gerade Linie.«

Anna schüttelt den Kopf. »Nein. Das mag ja eine Linie sein, aber der Baum ist *in sich* schief. Den kann man gar nicht so aufstellen, dass man das nicht sieht.«

»Okay.« Werner stellt das Exemplar wieder zurück und zieht einen anderen aus der Schonung. »Und der hier? Der ist doch süß.«

Nun ist es Kira, die Widerspruch einlegt. »Auf gar keinen Fall! Der hat doch gar keine richtige Spitze! Der sieht oben irgendwie abgehackt aus!«

Tiefes Seufzen bei Werner. Kein Wunder. So geht das hier schon mindestens eine halbe Stunde und ich kann langsam verstehen, warum Werner überhaupt keine Lust auf dieses ganze Weihnachtsspektakel hat. Wenn schon die Baumauswahl so ein Drama ist, wie soll dann der Rest noch werden? Aber Werner, mein tapferer Mitbewohner, gibt nicht auf.

»Dieser hier?«

Sowohl Kira als auch Anna verziehen das Gesicht.

»Viel zu wenig Grün«, ruft Anna. »Der sieht ja in der Mitte regelrecht kahl aus. Ein klares Nein.«

»Hm.« Mehr sagt Werner nicht. Stattdessen wühlt er sich nun tiefer in das Wäldchen hinein und taucht irgendwann mit einer Tanne auf, die ich tatsächlich ganz hübsch finde. Groß gewachsen, nicht zu dick, nicht zu kahl. Also eigentlich genau richtig.

»Na, Mädels, wie findet ihr den?«, ruft Werner ganz beglückt.

»Oh! Der ist wirklich schön!«, stimmt Anna ihm zu und ihre Augen beginnen zu strahlen. »Den lass uns nehmen!«

»Gern, mein Schatz!«

Werner packt den Baum und zieht ihn zu einem Mann mit Pudelmütze. Offenbar der Verkäufer.

»Hier, der soll es sein.«

Der Pudelmützenmann sieht erst den Baum an, dann Werner – und schüttelt den Kopf. »Nee, dat geiht nich.«

Werner starrt ihn ungläubig an. »Wie bitte? Das geht nicht? Aber warum denn nicht?«

»Der is ja man schon verkopt. Siehste hier oben, dat roote Band?« Er zeigt auf eine Art Zettel an der Baumspitze. »Dat hefft de Boom, wenner verkopt is.«

Werners Mund steht offen, ganz so, als ob er nicht verstehen kann, was ihm der Mann da erzählt. Gut, das kann natürlich auch am Plattdeutsch liegen, das der Verkäufer spricht. Deswegen wiederholt der seinen Satz vorsichtshalber noch einmal auf Hochdeutsch: »Ick hebt secht, äh … also ich habe gesagt, das rote Band da oben hat der Baum, wenn er verkauft ist.«

Werner sinkt in sich zusammen, als hätte er einen Schlag erhalten.

Von hinten ruft Anna: »Werner, was ist denn nun mit dem Baum? Kaufen wir ihn? Ich finde ihn großartig! Genau der richtige für unsere erste gemeinsame Weihnacht!«

Ich befürchte, Werner fängt gleich an zu weinen. Und ich auch. Ich will nicht noch eine halbe Stunde nach einem blöden Baum suchen. Was soll das auch? Warum stellen sich Menschen Bäume ins Wohnzimmer? Sollen sie doch im Wald spazieren gehen, wenn sie Bäume sehen wollen!

Werner ringt um Fassung – und findet sie wieder. Er atmet tief durch und macht einen Schritt auf den Verkäufer zu. »Hören Sie, Mann: Meine Frau hat sich in diesen Baum verliebt, ich brauche ihn unbedingt. Unbedingt, verstehen Sie?«

Der Verkäufer schüttelt den Kopf, der Bommel an der Pudelmütze fliegt wild hin und her. »Nee, Meister. Da kann ich gar nix machen – verkopt is verkopt. Nu schaun Se mol – da finden Sie bestimmt noch 'nen annern schönen Boom.«

Werner geht noch einen Schritt auf ihn zu, der Verkäufer weicht automatisch zurück. »Sie haben mich nicht verstanden, mein guter Mann: Ich! Brauche! Diesen! Baum! Und zwar koste es, was es wolle!«

Pudelmütze guckt ungläubig. »Äh, wie meinen?«

»Genau so, wie ich es sage: Koste es, was es wolle.«

Der Verkäufer kratzt sich unter seiner Mütze am Kopf. »Ja, wenn Sie da nun sooo drauf bestehen … wie … äh … wie viel …« Pudelmütze ringt sichtlich mit sich.

»Zweihundert«, sagt Werner sofort. »Wenn Sie ihn mir mitgeben, zahle ich Ihnen statt der siebzig Euro, die er eigentlich kosten sollte, zweihundert. Bar Kralle. Können Sie sofort einstecken. Leichter kann man kein Geld verdienen.«

Werner streckt ihm die Hand hin. Pudelmütze überlegt kurz – dann schlägt er ein.

Kurz darauf sind wir um zweihundert Euro ärmer, aber um einen wunderschönen Tannenbaum reicher, wieder auf dem Rückweg. Anna ist glücklich – sie bleibt immer wieder kurz stehen und haucht Werner einen Kuss auf die Wange. Kira freut sich auch, sie überlegt laut, womit sie den Baum zu Hause schmücken wird. Und ich bin einfach nur froh, nicht mehr in der Kälte hocken und warten zu müssen.

Der Baum ist einigermaßen sperrig. Werner trägt ihn in einem Netz, in das der Verkäufer ihn geschoben hat, und hat sichtlich Mühe, damit um die Kurven zu kommen, ohne dass er einen anderen Zweibeiner damit streift. Entsprechend langsam kommt er voran.

»Hast du was dagegen, wenn wir schon mal vorlaufen und noch nach Weihnachtsschmuck suchen?«, will Anna schließlich wissen.

»Nein, Spatzl, das ist eine gute Idee. Macht mal.«

»Oh ja, super! Ich habe da neulich eine gaaanz tolle Lichterkette in einem Laden gesehen«, ruft Kira, »die muss ich dir unbedingt zeigen, Mama! Willst du auch noch mit einkaufen kommen, Winston? Macht bestimmt Spaß!«

Wer? Ich! Fauch! Auf keinen Fall! Wenn ich nun noch die nächsten Stunden in irgendwelchen Läden rumhängen muss, rollen sich garantiert meine Schnurrhaare auf! Nein, nein – lieber laufe ich brav neben Werner nach Hause. Vielleicht ist jetzt auch endlich Odette wieder da, sonst muss ich wirklich nach ihr suchen.

Anna lacht. »Kira, ich glaube, Winston hat die Katerschnauze voll. Ein typischer Mann. Keine Lust auf Shoppen.«

»Na gut! Dann bis später!«

Schwupps! Schon sind Anna und Kira im vorweihnachtlichen Getümmel verschwunden.

»Puh!«, seufzt Werner laut. »Das hätte ich auch nicht gedacht, dass ich mir das noch mal antun würde, was, Winston?« Er beugt sich zu mir herunter, um mich zu kraulen. Leider macht er dabei eine unglückliche Schlenkerbewegung mit dem Baum und der Mann, der uns entgegenkommt, fällt fast über den Stamm der Tanne.

»Ey, Alter, bist du total bekloppt, oder was? Du kannst mir hier doch nicht einfach einen Baum zwischen die Füße werfen!«

Werner richtet sich wieder auf. »Oh, das tut mir leid! War keine böse Absicht!«

»Ist mir scheißegal, was das war! Beim nächsten Mal gibt's ein paar auf die Fresse!«

Ich merke, wie sich meine Haare von der Schwanzspitze bis zum Nacken aufstellen. Diese aggressive Stimme kenne ich doch! Ich blicke nach oben. Richtig. Ich kenne sie. Vor uns steht der junge, bärtige Mann von heute Morgen. Und obwohl er diesmal kein Gewehr dabeihat, wirkt er mindestens genauso gefährlich wie noch vor ein paar Stunden!

Gute Agenten leben gefährlich. Gilt auch für Kater.

Werner schüttelt den Kopf und guckt den Bärtigen vorwurfsvoll an. »Meine Güte – wie ich schon sagte: Es tut mir leid. Und nun beruhigen Sie sich mal.«

»Hey, Opa – erzähl du mir nicht, was ich machen soll! Und jetzt hau ab mit deinem Scheißbaum!«

Er macht einen Schritt zur Seite, dann rennt er weiter. Ob er auf dem Weg zur Villa ist? Das wäre meine Chance, zu Odette und Rosie zu gelangen. Ich beschließe, sie beim Schopf zu packen. Und ehe ich noch länger darüber nachdenken kann, lasse ich Werner einfach mit seinem Weihnachtsbaum stehen und folge dem Bärtigen. Möglichst unauffällig, versteht sich. Ich bin schließlich Schnurrlock Holmes. Unterwegs im Auftrag von Recht und Ordnung!

Ich komme allerdings schnell zu der Erkenntnis, dass wir *nicht* zur Villa laufen. Ganz sicher bin ich mir zwar nicht und irgendwie kommt mir die Strecke auch bekannt vor – aber die Villa scheint wirklich nicht unser Ziel zu sein.

Der Bärtige biegt in eine Seitenstraße ein, ich laufe hinterher und hoffe, dass er sich nicht umdreht und mich entdeckt. Wobei die Sorge wahrscheinlich unbegründet ist. Der Kerl scheint es nämlich sehr eilig zu haben – nach links und rechts schaut er auch nicht, als er als Nächstes eine Straße überquert. Ich spurte ebenfalls auf die andere Seite und hoffe, dass ich nicht vom Auto überfahren werde!

Drüben angekommen, wird mir auf einmal schlagartig klar, wo wir uns mittlerweile befinden: vor dem Restaurant von Sandro! Was für ein seltsamer Zufall! Oder etwa nicht? Liegt das Restaurant nicht nur zufällig auf dem Weg, sondern will der Kerl hier tatsächlich hin?

Heilige Ölsardine! Er öffnet wirklich die Tür zu Sandros Restaurant. Ich überlege kurz, dann ducke ich mich und drücke mich an der Häuserwand entlang zum Eingang. Als der Bärtige durch die Tür geht, warte ich – und schlüpfe im letzten Moment auch hindurch. Fast klemmt die Tür beim Zufallen meinen Schwanz ein, streift ihn dann aber nur. Puh, das war knapp!

Im Gastraum angekommen, verstecke ich mich sofort unter einem der Tische, dann sehe ich mich vorsichtig um. Wo steckt der Typ? Und viel wichtiger: Was will er hier? Ich sehe ihn zwar nicht, aber ich höre Stimmen. Und sie kommen eindeutig aus dem kleinen Büro. Ich schleiche hinüber, um sie besser verstehen zu können.

»*Alora*, Dennis, *mille grazie*, dass du biste so schnell gekommen. Ich muss jetzt los zu meiner armen Großmutter, tut mir sähr leid, dass ich kann nicht länger bleiben!«

Sandros Stimme. Eindeutig.

»Sandro, mach dir keine Sorgen. Ich schaffe das hier

auch allein. Ich bereite einfach schon ein paar Gerichte vor, dann habe ich nachher keinen Stress.«

Und das ist die Stimme des Bärtigen, auch da bin ich mir sicher. Aber was faselt der denn da von *Gerichte vorbereiten*?

»Dennis, *tante grazie*! Vielen, vielen Dank! Du biste beste Kuchenhilfe der Welt! Wirklich!«

WAS?! Dennis ist die Küchenhilfe, von der Sandro die ganze Zeit erzählt hat? Heilige Ölsardine – was hat das zu bedeuten?

Tausende Gedanken rasen durch meinen Kopf: Würde ein Mensch, der das Futter von Katzen vergiftet, auch Zweibeinern etwas ins Essen mischen? Gehören diese beiden Verbrechen irgendwie zusammen? Und heißt das am Ende, dass dieser Dennis der Erpresser ist?

Es gibt nur einen Weg, das herauszufinden: Ich muss mit dem unheimlichen Dennis im Restaurant bleiben, wenn Sandro gleich geht. Dann kann ich ihn in Ruhe beobachten und schauen, ob er etwas Verdächtiges unternimmt. Auf die beiden Kameras will ich mich dabei nicht verlassen. Wer weiß, ob das wirklich klappt. Nachher funktionieren die nicht richtig, dieser Dennis vergiftet hier munter alle möglichen Lebensmittel und wir bekommen nichts davon mit. Nein, nein – jetzt, wo ich schon mal hier bin, werde ich die Chance nutzen, dieses Verbrechen endlich aufzuklären. Schließlich bin ich Schnurrlock, Schnurrlock Holmes!

In meiner Eigenschaft als Superagent verkrümle ich mich in die Küche und suche mir dort ein geeignetes Plätzchen für meine Observationen. Das habe ich schnell gefunden: Unter der Spüle stehen ein paar Putzeimer, und wenn ich mich hinter diese setze, habe ich zwar noch einen guten Blick auf die Vorratsregale, aber mich dürfte man nicht mehr sehen. Die Bürotür klappt auf, Sandro und Dennis kommen in den Flur. Schnell verstecke ich mich hinter den Putzeimern. Aktion »Finde den Erpresser« kann beginnen!

Erst mal beginnt aber rein gar nichts. Mindestens eine Viertelstunde hocke ich hinter den Eimern und warte darauf, dass Dennis endlich in die Küche kommt und ich ihn auf frischer Tat ertappen kann. Etwa dabei, wie er Gift ins Vitello Tonnato rührt oder Schneckenkorn ins Pesto kippt. Wo bleibt der nur? Vorsichtig luge ich hinter den Eimern hervor. Nichts. Und langsam beginnt der Geruch von Putzmitteln in meiner Nase zu kribbeln. Vielleicht ist mein Versteck doch nicht so günstig!

Bevor ich mich aber nach einem neuen Versteck umschauen kann, kommt Dennis doch noch in die Küche. Fröhlich pfeifend, offenbar bester Dinge. In der Hand hält er eine kleine Tüte, die er auf der Arbeitsplatte unter den Regalen ablegt. Dann fingert er eines der Gläser vom obersten Regalbrett. Was er wohl damit vorhat? Wird er jetzt Gift hineinmischen?

Ich recke mich ein Stück, um von meinem Beobachtungsposten aus noch besser sehen zu können. Dabei streife ich mit meinem Kopf einen der Eimer. Eine Plastikflasche, die direkt daneben steht, wackelt erst und kippt dann um. Sofort strömt ein stechender Geruch in meine empfindliche Nase. Maunz, das ist ja kaum zum Aushalten! Einen Moment lang halte ich mich noch wacker, dann kann ich nicht anders: Ich muss niesen. Ach was – ich bekomme einen richtigen Niesanfall! Dieser schüttelt mich regelrecht durch, ich stoße wieder an den Eimer und noch mehr Flaschen kippen um. Mist, ich hoffe, dieser Dennis hat davon nichts mitbekommen!

»Nanu, wen haben wir denn da? Ungebetenen Besuch?«

Mit einem Ruck wird der Eimer direkt vor meiner Nase weggezogen. Grundgütiges Katzenklo – er *hat* es mitbekommen! Als meine Niesattacke beendet ist, schaue ich vorsichtig nach vorn – und blicke in das Gesicht von Dennis, der nun direkt vor mir kniet.

»Warte mal, dich kenne ich doch irgendwoher!«

Ich tapse einen Schritt zurück und schüttle den Kopf. Nö, wir haben uns noch nie gesehen! Echt nicht! Ich schwör!

»Du warst doch heute Morgen mit den beiden anderen Katzen bei unserem Haus! Den Katzen, die früher Tante Adelheid gehörten!«

Tante Adelheid? Das muss die nette alte Dame sein, von der Odette erzählt hat. Dennis lacht, es klingt gehässig und ich merke, wie mir ein kalter Schauer über den Rücken läuft.

»Na, wenn du die beiden kennst, dann weißt du ja sicher auch, dass ich nicht unbedingt der größte Katzenfreund auf der Welt bin. Warum verfolgst du mich also? Hast du etwa mein kleines Geheimnis entdeckt und willst jetzt Polizei spielen? Denkst du etwa, ein Spatzenhirn wie du kann jemanden wie mich überführen?«

Er geht noch mehr in die Knie und beugt sich unter die Spüle. Ich will weiter zurückweichen, aber direkt hinter mir beginnt die Wand. Bei meinen Schnurrhaaren, ich sitze in der Falle! Während ich noch Stoßgebete zum Katzenhimmel schicke, dass gleich die Tür auffliegen möge und Kira und Werner zu meiner Rettung hineinstürmen, weil sie die ganze Szene auf dem Computer beobachtet haben, fällt mir ein, dass die Kamera leider nichts zeigt, was sich auf dem Boden abspielt. Das heißt wohl leider, dass niemand meiner Mitstreiter weiß, dass ich überhaupt da bin. Unwillkürlich maunze ich und drücke mich fester gegen die Wand.

»Komm, Miezekatze«, höhnt der Kerl und versucht, nach mir zu greifen, »komm zu Onkel Dennis!«

Nein, kampflos werde ich das garantiert nicht tun! Als er erneut nach mir greift, lasse ich meine Tatze mit ausgefahrenen Krallen nach vorn schnellen und kratze einmal quer über seinen Armrücken. Aus drei langen Kratzern quillt sofort Blut.

Dennis heult auf und lässt sich nach hinten fallen. »Du Mistvieh! Was fällt dir ein? Na warte, dich mache ich platt, das schwöre ich dir!«

Er schiebt die Eimer zur Seite und kriecht auf allen vieren unter die Spüle. Ich will die Flucht nach vorn antreten, aber diesmal ist Dennis schneller und packt mich mit festem Griff im Nacken. Aua! Ist der verrückt? Das tut weh, so trägt man doch keine Katze! Ich beginne zu zappeln und zu strampeln, habe aber keine Chance. Dennis zieht mich an sich und lässt auch nicht wieder locker, als ich wild fauchend nach ihm schlage.

Schließlich hält er mich ganz fest im Arm und rappelt sich wieder hoch. *Bitte, bitte – dreh dich doch einmal Richtung Kamera!*, hoffe ich inständig. Aber leider steht Dennis nun genau mit dem Rücken zur Tür und somit auch zur Kamera. Dann macht er zwei Schritte nach vorn, hält mich nur noch mit einer Hand und greift mit der anderen nach etwas, das ebenfalls auf dem Boden steht. Ich winde mich und kann einen Blick darauf werfen – es ist einer der Kartons, in denen Sandro seinen Großeinkauf transportiert hat. Dennis klappt die oberen Laschen zur Seite, setzt mich in den Karton und ehe ich weiß, wie mir geschieht, klappt er die Laschen wieder zu und ich hocke im Dunkeln. In einem Dunkeln, in dem es übrigens nach Zwiebeln und Staub riecht. Widerlich!

»So, Miezekatze, du gibst jetzt erst mal Ruhe. Ich habe nämlich zu tun.«

Ruhe? Von wegen! Wie ein Wildpferd bäume ich mich auf und versuche, die Pappen wieder aufzudrücken. Aber Dennis hält von oben dagegen – ich habe keine Chance. Dann merke ich, wie er den Karton hochhebt und wegträgt. Anscheinend öffnet er eine weitere Tür und stellt den Karton ab. Ich höre ein klapperndes Geräusch, so als ob Dennis in irgendetwas herumwühlt.

»Ach, ich wusste, dass Sandro hier irgendwo Paketklebeband hat. Es gibt doch nichts über ein gut sortiertes Büro, Miezekatze! Wenn Sandro wüsste, dass ich für einen der Erpresserbriefe sogar seine Schere und seinen Kleber benutzt habe, meist du, er würde sich ärgern, Miezekatze? Hä?«

Heilige Ölsardine! Er ist es also tatsächlich. *Dennis ist der Lebensmittelerpresser!* Voller Wut tobe ich in dem Karton herum, aber nun hat er die Laschen wohl zugeklebt, denn sie bewegen sich trotz meiner Bemühungen kein Stück. Verdammtes Katzenklo! Ich, Winston Churchill, bin in einem muffelnden Pappkarton gefangen. Schlimmer kann es nicht mehr kommen!

Der Karton wird wieder hochgehoben, die Schaukelei geht wieder von vorn los. Diesmal nur kurz. Dann stellt Dennis den Karton auf den Boden, und kurz darauf erklingt ein seltsames, quietschendes Geräusch, das ich allerdings schon einmal gehört habe. Nur wo? Während ich noch nachdenke, schiebt Dennis den Karton über den Boden. Um mich herum wird es dunkler. Nein, es wird richtig dunkel. Und kalt. Dann wieder das seltsame Quietschen. In diesem Moment fällt es mir ein: Das war die Tür zum Kühllager, die mit einem Hebel geöffnet wird. Oder eben geschlossen. Der Karton mitsamt seinem Inhalt, also mir, steht nun offenbar im ziemlich kalten Kühllager.

Ich korrigiere mich: Es konnte doch schlimmer kommen. Verflucht. Ich würde sagen, ich sitze in der Tinte. Und zwar richtig tief.

Not macht erfinderisch.
Gilt auch für Samtpfoten.

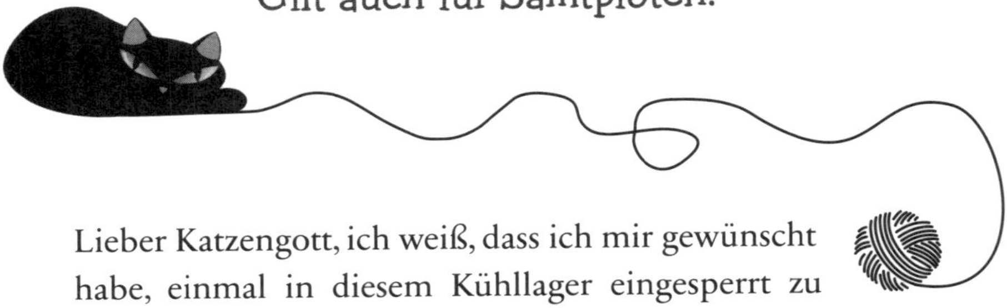

Lieber Katzengott, ich weiß, dass ich mir gewünscht habe, einmal in diesem Kühllager eingesperrt zu sein. Aber ich habe mir in meinem Leben schon so viele Sachen gewünscht, die dann nicht geklappt haben. Warum musstest du mir denn ausgerechnet diesen Wunsch erfüllen? Es ist nämlich so: Ich glaube, ich habe mich gewissermaßen … verwählt. Genau. Das ist es. Ich habe mich verwählt. Ich will gar nicht hier eingesperrt sein. Denn: Mir! Ist! Kalt! Saukalt!

Klar, draußen ist jetzt auch nicht gerade Hochsommer, aber da kann ich mich wenigstens warmlaufen. Hier, eingepfercht in diesen Karton, kann ich mich kaum bewegen, und so friere ich mittlerweile wie ein Schneider. Ein paarmal öffnet sich die Tür zum Kühllager in den nächsten Stunden noch mit ihrem typischen Quietschen, weil Dennis für die Gäste Fisch oder Fleisch braucht. Ansonsten herrscht neben der Kälte auch noch eine sehr unangenehme Stille.

Zuerst habe ich versucht, den Karton von unten aufzukratzen – aber das funktioniert nicht. Er ist am Boden zu fest verleimt. Oben wiederum ist er mit dem Paketklebeband zu fest zugeklebt. Es ist einfach zum Schnurrhaareausreißen! Ich bin anscheinend verdammt, darauf zu warten, was der furchtbare Dennis als Nächstes mit mir vorhat.

Die Zeit kriecht nur so dahin. Ich überlege, wie lange ein kleiner Kater wie ich wohl in diesem kalten Karton ausharren kann, ohne sich einen gehörigen Schnupfen einzufangen. Vermutlich nicht besonders lang. Ich fühle mich jetzt schon wie ein Eisblock! Endlich, nach einer halben Ewigkeit, kündigt das mittlerweile vertraute Quietschen an, dass Dennis auf dem Weg ins Kühllager ist. Seine Schritte kommen direkt auf mich, beziehungsweise den Karton, zu. Dann bleibt er stehen und klopft von oben auf mein Gefängnis.

»So, Miezekatze: Es gibt Neuigkeiten. Und zwar keine guten. Jedenfalls aus deiner Sicht.« Er lacht wieder höhnisch. »Mona, meine Frau, hat deine beiden Kolleginnen eingefangen. Haben bei uns rumgeschnüffelt, die bösen, bösen Katzen! Jetzt sitzen sie in einem ähnlichen Karton wie du bei uns im Keller.«

Heilige Ölsardine! Ich merke, wie mir das Herz regelrecht in den Magen sackt. Odette und Rosie gefangen – das ist eine Katastrophe! Und ich bin hier eingesperrt und kann sie nicht retten! Wenn ich weinen könnte, würde ich es tun.

Dennis redet mitleidslos weiter. »Und jetzt kommt die schlechte Nachricht.«

Er holt kurz Luft und ich frage mich, welche Nachricht da noch schlechter sein sollte.

»Meine Frau hasst Katzen. Verstehst du? Sie HASST sie einfach. Und mehr als zwei Katzen im Keller erträgt sie einfach nicht. Das heißt also, bevor ich überlegen kann, was ich mit dir mache, muss ich erst mal die beiden anderen Eindringlinge loswerden. Und das wiederum bedeutet, dass du die Nacht wohl oder übel hier verbringen wirst. Weshalb du heute Nacht wohl ein wenig frieren wirst, denn ich muss dich leider, leider im Lager lassen. Es ist der einzige Raum in dem Laden hier, dessen Tür ich von außen verriegeln kann. Sicher ist sicher – ich trau euch Katzen einfach nicht. Ihr seid doch die reinsten Befreiungskünstler!«

Mit diesen Worten dreht er sich um und geht wieder hinaus. Die Tür quietscht beim Schließen, dann bin ich wieder allein. Und zum ersten Mal in meinem Katerleben völlig ratlos. Was soll ich nun bloß machen? Ich lege meinen Kopf auf die Vorderläufe. Los, Winston Churchill, du Möchtegern-Superagent! Was machst du jetzt? Was würde James Bond jetzt machen? Oder Sherlock Holmes?

Auf alle Fälle würden die beiden wahrscheinlich nicht einfach aufgeben. Das kommt also nicht infrage! Und sie würden als Erstes versuchen, aus diesem verfluchten Karton zu kommen. Bloß wie? Auf der Suche nach irgendeiner Lösung schaue ich mich noch einmal in meinem Gefängnis um, aber mittlerweile ist es stockduster hier drin und ich kann die Tatze vor Augen nicht sehen.

Denk nach, Winston, denk nach!, schimpfe ich mit mir selbst. Gut, unten ist der Karton verleimt. Was könnte ich dagegen tun? Aufkratzen? Habe ich schon versucht, der Karton ist zu fest, ich bleibe mit meinen Krallen auf sehr schmerzhafte Art und Weise daran hängen. Aufnagen? Die Pappoberfläche ist so glatt, dass ich mit meinen Zähnen nicht viel ausrichten kann. Ich versuche es noch einmal, aber tatsächlich rutschen meine Zähne ab und ich hinterlasse lediglich einen nassen Fleck auf dem Karton. Ich überlege also weiter und trete dabei von einer Tatze auf die andere. Igitt, jetzt ist der Boden auch noch an einer Stelle ganz glitschig, nass und weich von meiner Spucke – wie eklig!

In diesem Moment trifft er mich endlich: der Geistesblitz! Glitschig, nass und weich! Genau das ist es! Ich muss den Karton gewissermaßen durchsabbern, dann habe ich eine Chance, anschließend mit meinen Krallen ein Loch hineinzureißen!

Sofort mache ich mich ans Werk: Ich lege mich auf den Kartonboden und sabbere, was das Zeug hält. Hund müsste man jetzt sein, dann würde mir das um einiges leichter fallen! Vielleicht geht es auch besser, wenn ich mir sehr leckere Dinge wie Geflügelleberpastete vorstelle. Oder Vitello Tonnato. Oder Leberwurst. Oder eine sehr fette Ölsardine. Oder eine Lachsschnitte. Oder, oder, oder …

Mittlerweile habe ich schon einen großen, runden Fleck durchweicht und mache mich nun wieder mit meinen Krallen daran. Es funktioniert tatsächlich! Erst kann ich kleinere, dann immer größere Stücke aus dem Karton reißen. Bald schon spüre ich den kalten Lagerboden unter meinen Tatzen und reiße immer weiter.

Ein letztes großes Stück – dann ist es geschafft: In dem Kartonboden ist ein Loch, so groß, dass ich hindurchschlüpfen kann. Ich wackle an den Seitenwänden, lange mit meinen Tatzen durch das Loch und zwänge mich hindurch. Es hakt ein wenig und der Karton zwickt in meine Seite, aber ich gebe nicht auf. Maunz, vielleicht muss ich tatsächlich mal ein wenig abnehmen! Noch ein letztes Mal den Bauch eingezogen – dann bin ich endlich aus dem Karton herausgeschlüpft. Puh! Das wäre schon mal geschafft!

Erschöpft setze ich mich erst mal neben den Karton und atme tief durch. Hier draußen ist es nicht ganz so dunkel wie in dem Karton, weil das Lager zwei kleine, vergitterte Fenster hat. Das bringt mich allerdings zu meinem nächsten Problem: Wie komme ich aus diesem Raum hinaus? An die Tür brauche ich erst gar nicht zu denken – die ist von außen mit einem Riegel gesichert und Dennis hatte völlig recht: Die würde auch ein Befreiungskünstler nicht ohne Weiteres aufbekommen. Um Hilfe rufen kann ich auch nicht – mein Maunzen ist außerhalb dieser Mauern mit Sicherheit nicht zu hören. Ich habe jedenfalls umgekehrt den ganzen Abend keinen einzigen von Sandros Gästen gehört.

Aber Hilfe brauche ich – ohne diese ist eine Flucht aussichtslos. Ich sehe mich noch einmal gründlich um. Ringsherum ist der Raum mit Regalen bestückt, von den Decken baumeln zwei große Schinken. Dann die Tür – und über der Tür die Kamera. Tja, wäre ich ein Zweibeiner, wäre es überhaupt kein Problem, in diese hineinzuwinken und Werner, Kira, Tom oder wer sonst gerade am anderen Ende der Leitung sitzt und auf den Überwachungsbildschirm starrt, auf mich aufmerksam zu machen. So bleibt mir leider nur die traurige Erkenntnis, dass das Sichtfeld der Kamera ziemlich genau in einem Meter Höhe endet und nicht mal meine sehr aufgereckte Schwanzspitze noch zu sehen wäre. Zumal ein schwarzer Kater auf einem dunklen Untergrund insgesamt ein schwieriges Motiv sein dürfte.

Ich müsste also größer sein, zumindest höher, und ich müsste mich vom Untergrund deutlich abheben. Ich müsste ... ich könnte ... Ich schaue zu den Schinken hoch – und habe den zweiten Geistesblitz des heutigen Tages: Wenn ich dort hochspringen würde, dann würde ich erstens direkt vor der Kamera baumeln und wäre deswegen zweitens nicht zu übersehen! Und mit etwas Glück würde Kira das bemerken und sofort zu meiner Rettung eilen, und ich könnte dann wiederum Odette retten!

Ein paar Schritte zurück, ein Anlauf, ein Sprung und: Mist! Ich komme nicht hoch genug! Ich wiederhole das Ganze drei bis vier Mal, scheitere aber immer wieder. Die Schinken hängen zu hoch für mich. Und wenn ich die Regale hochklettere und dann auf den Schinken rüberspringe? Dann falle ich wahrscheinlich ganz mächtig auf die Katzenschnauze und breche mir noch etwas.

Aber dann habe ich es: Ich könnte versuchen, den Karton als Podest zu nutzen! Dann wäre der Abstand zum

Schinken nicht mehr ganz so groß. Ja, das könnte gehen! Wahrscheinlich ist es sogar meine einzige Chance.

Wild entschlossen, diese zu nutzen, schiebe ich den Karton unter den Schinken. Ich klettere nach oben, springe in die Luft – und verfehle den Schinken wieder. Zwar nur ganz knapp, aber dicht vorbei ist bekanntlich auch daneben.

So eine gequirlte Katzenklo-Kacke! Ich will hier raus! Und zwar sofort! In meiner Wut springe ich vom Karton und laufe zurück bis zu den Regalen. Das wäre doch gelacht, wenn ich da nicht hochkäme! Ein Winston Churchill lässt sich doch nicht von einem profanen Schinken besiegen! Ich werfe also den Katzenturbo an, pese los, springe erst auf den Karton und segle dann im eleganten Zweisprung weiter Richtung Schinken. Diesmal kriege ich ihn mit meinen Tatzen zu fassen und kralle mich sofort fest. Maunz! Geschafft! Ich hänge auf dem Schinken und baumle wild mit ihm hin und her. Die Kamera habe ich dabei genau im Blick und sie mich hoffentlich auch. Denn wenn es jemals etwas Auffälliges in diesem Kühllager zu sehen gab, dann doch den verrückten schwarzen Kater, der in inniger Umarmung mit einem Schinken von der Decke baumelt.

Also, ihr Ko-Agenten! Worauf wartet ihr noch? Rettet mich endlich! Rettet Winston Churchill, bevor er von einem Parma-Schinken stürzt!

Gelernt ist gelernt.

»Mein armer, armer, tapferer Kater!« Kira vergräbt ihr Gesicht in meinem Fell und drückt mich fest an sich. Mein Herz macht einen Riesensprung! Auf meine Freunde ist eben Verlass! Kurz bevor mich auf dem Schinken endgültig meine Kräfte verließen, kamen die drei tatsächlich ins Kühllager gestürmt: Kira, Sandro und Werner.

»Und wie kalt du bist! So ein Verbrecher – der hätte dich glatt erfrieren lassen!« Kira stehen Tränen in den Augen, immer wieder streichelt sie mir durch mein Fell. Wie gut das tut! Das könnte ich mir stundenlang so gefallen lassen. KÖNNTE, wohlgemerkt, denn dafür haben wir gerade gar keine Zeit. Wer weiß, was dieser grauenhafte Dennis mit seiner noch grauenhafteren Mona gerade mit Odette und Rosie anstellt!

Ich strample mich also frei und springe von Kiras Arm auf den Boden. Dann schaue ich auffordernd in die Runde. *Los, auf zur Villa!*, signalisiert mein Blick hoffentlich ganz unmissverständlich. Aber leider gucken mich meine menschlichen Mitstreiter ratlos an.

Das gibt's doch gar nicht! Kira muss doch auf dem Bildschirm gesehen haben, dass der bärtige Typ von heute Morgen Sandros Küchenhilfe ist. Und dass ich nicht zufällig in diesem Kühlhaus gelandet bin, sondern dass der Kerl mich hier eingesperrt hat. Da muss doch nun endlich der Groschen fallen, der ihr sagt, dass die Lösung zu dem ganzen Schlamassel in der Villa zu finden ist!

Kira, Sandro und Werner schauen sich an und zucken mit den Schultern.

»Hm, was hat *il gatto*?«, fragt Sandro schließlich.

»Er scheint irgendwo hinzuwollen«, schlussfolgert Werner, »aber wohin nur?«

Mensch, Kira! Schalt mal dein Hirn an! Ihr Zweibeiner seid doch so stolz darauf, denkende Wesen zu sein. Nennt euch sogar homo sapiens, der kluge Mensch. Dann beweis doch bitte mal einem armen schwarzen Kater, dass das nicht geprahlt ist! Aber Kira guckt auch nur verwirrt zwischen mir und den anderen beiden hin und her. Dann räuspert sie sich.

»Sandro, was war denn genau zu sehen mit der Kamera? Irgendein Hinweis darauf, wohin Winston jetzt so dringend will?«

Sandro schüttelt den Kopf. »Nix, überhaupte nicht. Erst habe ich nur gesehen mein Kuchenhilfe. Hat gearbeitet in Kuche und ab und zu Sachen aus Lager geholt oder reingetragen. Und dann, kurz bevor ich wollte euch bringen die Laptop, habe ich gesehen Winston auf *Crudo di Parma*. Aufe Schinken. Iste gekommen wie aus Nichts! Ich habe keine Ahnung, wie der iste überhaupt in die Lager gekommen! Hab iche vielleicht heute Nachmittag eingespärrt?«

Werner schüttelt den Kopf. »Nein, das kann nicht sein. Denn er war noch mit mir unterwegs. Er muss also allein hier hingelaufen sein, und zwar nachdem wir alle schon weg waren.«

Sandro kratzt sich am Kopf. »Dann iche weiße auch nicht. Als ich gesehen habe *il gatto*, habe ich sofort angerufen euch. Waren wir auch sähr schnell hier, *fortunatamente*! Zum Gluck!«

Maunz, es ist doch zum Schnurrhaareausreißen! Habe ich das gerade richtig verstanden? Kira hat gar nicht gesehen, dass Dennis sowohl der Bärtige von heute Morgen als auch Sandros Küchenhilfe ist? Dann ist es natürlich kein Wunder, dass der besagte Groschen noch nicht gefallen ist. Wie mache ich ihr denn nur begreiflich, wo wir hinmüssen? Und vor allem: warum!

Wie einfach war es doch früher, als wir noch unsere Gedanken lesen konnten! Ich hocke mich direkt vor Kiras Füße und starre zu ihr hoch. Vielleicht funktioniert es doch noch irgendwie. Kira, lies meine Gedanken! Fühle, was ich denke! Ich setze den eindringlichsten Blick auf, der mir zur Verfügung steht, und versuche, meine Gedanken irgendwie aus meinem Kopf zu senden: *Wir müssen Odette aus der Villa retten! Wir müssen Odette aus der Villa retten! Winston an Kira: Wir müssen Odette aus der Villa retten! WIR MÜSSEN ODETTE AUS DER VILLA RETTEN!*

Kira kniet sich neben mich. »Winston, ich spüre, dass du

mir irgendetwas sagen willst. Aber was? Irgendjemand ist in Gefahr, richtig?«

Puh, endlich kommen wir hier mal in die richtige Richtung! Ich maunze laut.

»Gefahr? *E pericoloso?*«, fragt Sandro. »Vielleicht hier schon wurde etwas vergiftet?«

Kira schüttelt den Kopf. »Nein, das glaube ich nicht. Ich kann es euch nicht erklären, aber ich spüre, dass jemand anderes in Gefahr ist. Keiner von deinen Gästen. Jemand, der nicht hier ist. Das will mir Winston sagen. Wir sollen jemanden retten. Ganz bestimmt!«

Ein kalter Schauer läuft mir den Rücken hinunter – Kira hat tatsächlich gemerkt, was ich ihr sagen wollte! Da muss also noch ein klitzekleiner Rest von der Fähigkeit übrig sein, die uns so miteinander verbunden hat. Dann hoffe ich mal, dass sie den Rest auch versteht!

Ich mache kehrt und laufe aus dem Kühllager hinaus. Kira, Werner und Sandro folgen mir. Wahrscheinlich würden sie mir nun auch weiter hinterherlaufen. Das Problem: Ich bin mir nicht sicher, ob ich von hier allein zu der Villa finde. Kira müsste uns dorthin führen – aber dafür muss ich ihr erst mal klarmachen, wohin ich will.

Die Tür zu Sandros Büro steht noch offen. Ich überlege kurz. Was hat Kira neulich gesagt? Es wäre toll, wenn ich schreiben könnte? Lassen wir es also auf einen Versuch ankommen!

»Hey, was willst du denn jetzt?«, wundert sich Kira, als ich durch die Tür schlüpfe und auf Sandros Schreibtisch hüpfe. Neugierig folgen mir meine Zweibeiner. Ich schaue mich auf der Tischplatte um. Liegt hier irgendwo ein Stift? Tatsächlich, gleich neben einem Stapel Speisekarten und einem Wust Papier. Ich versuche, danach zu greifen, aber es gelingt mir nicht. Ich kann den dünnen Stab nicht mit den Tatzen halten. Sandro lacht.

»Siehte so aus, als wollte *il gatto* schreiben mit die Stifte! Guckstu hier, wie Katärr macht – hahahaha! So ein lustig Katärr! Komm, schreibstu auf, wie du heißt!«

Ich wüsste gern mal, was daran so lustig ist! Ich gebe hier mein Bestes – und ihr lacht euch schlapp! Ich versuche es noch mal. Zwecklos. Der Stift fällt immer auf die Platte.

»Ja, ich finde auch, dass das so aussieht«, meint Kira nachdenklich. »Komm, Winston, vielleicht kann ich dir irgendwie helfen. Lass uns mal ein anderes System ausprobieren. Ich habe da so eine Idee!«

Sie nimmt den Stift und ein Blatt Papier und legt beides direkt vor meine Nase. Sandro und Werner starren sie an, sie haben nicht die leiseste Ahnung, worauf Kira hinauswill. »Ich glaube nämlich«, erklärt sie den beiden, »dass Winston lesen und schreiben kann.«

Nun lacht auch Werner. »Also bitte, Kira! Ein Kater, der lesen und schreiben kann! Das ist doch verrückt!«

»Verrückt vielleicht. Aber wahr! Ich werde es euch beweisen! Ich hoffe jedenfalls, dass er es noch kann.«

Dann beginnt sie, auf den Zettel alle Buchstaben des Alphabets zu schreiben. Von A bis Z. Und ich weiß ganz genau, was ich damit machen soll.

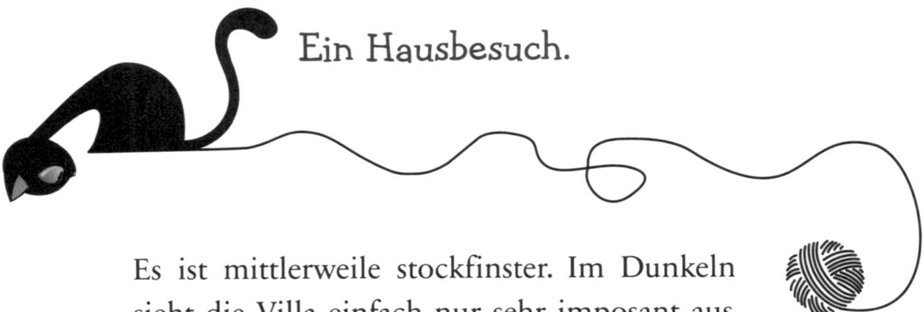

Ein Hausbesuch.

Es ist mittlerweile stockfinster. Im Dunkeln sieht die Villa einfach nur sehr imposant aus. Die abgeblätterte Farbe, der rostige Zaun – all das verschwindet im Schwarz der Nacht. Fast scheint uns das Haus sagen zu wollen: *Kommt mir bloß nicht näher*, so kalt und abweisend steht es vor uns. Wir sind allerdings fest entschlossen, diese Warnung zu ignorieren. *Wir?* Na gut. Auf jeden Fall Kira und ich. Sandro wirkt noch sehr skeptisch und auch Werner scheint mir nicht ganz überzeugt.

»*Alora*, wir sinde hier, weile *gatto* 'atte auf Buchstabe gezeigt?«

Kira nickt. »Genau. Ihr habt es doch gesehen. Er hat eindeutig *Odette*, *gefangen*, *alte Villa*, *Dennis* und *Verbrecher* buchstabiert.«

Werner kratzt sich am Kopf. »Ja, das war wirklich erstaunlich. Eine Nummer wie im Zirkus. Aber vielleicht war das auch Zufall. Ich meine – das gibt es doch gar nicht, ein Kater, der buchstabieren kann!«

»Gibt es eben doch! Winston kann lesen und schreiben.

Ich hab's euch gesagt! Und er ist einem Verbrechen auf der Spur. Vielleicht hängt es sogar mit den Erpressern zusammen. Auf alle Fälle aber mit den Tierquälern hier in der Gegend.«

Werner seufzt. »Aber wie kommst du ausgerechnet auf dieses Haus?«

»Ganz einfach: Wir waren heute Morgen hier. Weil hier nämlich die Leute wohnen, die vergiftete Köder auslegen. Und offenbar wird Odette hier gefangen gehalten.«

Sandro schaut nun völlig verwirrt aus der Wäsche. »Aber wer iste Odette? Und was hatte Dennis damit zu tun? Arbeite ich schon seit halbes Jahr mit ihm, ist nette Kerl.«

»Odette ist auch eine Katze. Eine sehr enge Freundin von Winston. Wie dieser Dennis nun mit drinhängt, weiß ich allerdings auch nicht. Den kenne ich nicht. Ich finde, wir rufen jetzt die Polizei. Wenn die das Haus durchsuchen, finden sie Odette vielleicht.«

Ein Spitzenplan! Sofort fange ich an zu schnurren.

»Siehst du, Werner«, freut sich Kira, »Winston ist ganz meiner Meinung!«

»Halt! Moment mal!« Werner schüttelt energisch den Kopf. »Wir können jetzt nicht einfach die Polizei rufen. Was wollen wir denen denn erzählen? Dass uns ein Kater geweissagt hat, dass in diesem Haus ein Verbrecher wohnt? Die weisen uns doch sofort in die geschlossene Anstalt ein! Nein, so geht das nicht.«

»Und wie geht das dann? Ich glaube, hier ist etwas ganz gewaltig faul.«

»Ganz einfach«, verkündet Werner mit einer Stimme, die keinen Widerspruch duldet. »Wir werden jetzt an dieser Tür klingeln und nach Odette fragen. Und dann sehen wir, was passiert.«

»Du willst da klingeln? Aber dann sind die Verbrecher doch gewarnt!« Kira scheint das für keine gute Idee zu halten.

»*Wenn* denn da überhaupt Verbrecher wohnen. Vielleicht ist auch alles ganz harmlos und klärt sich sofort auf.«

»Du nimmst mich nicht ernst, Werner!«, beschwert sich Kira.

Der schüttelt den Kopf. »Im Gegenteil, ich nehme dich sehr ernst. Sonst würde ich wohl kaum abends um neun bei völlig wildfremden Leuten klingeln!«

Sandro holt tief Luft. »*Mamma mia, grande casino!* Was für ein Unordnung! Ich weiße nicht, ob iste Idee so gut. Aber wenn du meinst, Werner …«

»Ja. Meine ich.« Werner öffnet die Gartentür und geht mit energischen Schritten auf das Haus zu. Kira, Sandro und ich folgen ihm mit einem gehörigen Sicherheitsabstand und bleiben einige Meter vor der Tür stehen, als Werner schließlich die Türglocke betätigt.

Erst passiert nichts, schließlich hören wir Schritte im Flur. Sofort stellen sich meine Nackenhaare wieder senkrecht auf, denn ich kenne diese Schritte mittlerweile genau! Die Tür öffnet sich, Dennis schaut heraus.

»Ja? Was gibt's?«, fragt er unfreundlich. Von der Seite kann ich sehen, dass Werner schluckt. Er hat Dennis sofort als den schlimmen Rüpel von heute Nachmittag erkannt. Dennis wiederum scheint Werner nicht wirklich einordnen zu können.

»Guten Abend. Hagedorn mein Name. Entschuldigen Sie die späte Störung, aber wir sind auf der Suche nach unserer Katze Odette. Sie ist ganz weiß und wir glauben, dass sie in diesem Haus verschwunden ist. Würden Sie uns bitte nach ihr suchen lassen?«

Dennis starrt ihn an. Dann fällt sein Blick auf mich. »Verfluchte Scheiße!«, entfährt es ihm. »Wie bist du aus dem Lager gekommen, Miezekatze? Ich dachte, du wärst längst erfroren!«

»Hey, haben Sie etwa meinen Kater im Kühlraum von Sandro eingesperrt?« Kira drängt sich an Werner vorbei und steht nun mit zornig funkelnden Augen direkt vor Dennis. Der macht einen Schritt zurück, überlegt kurz und sagt dann erstaunlich ruhig: »Kommen Sie doch bitte rein. Ich habe Ihre weiße Katze zwar nicht gesehen, aber wir können gern gemeinsam nach ihr suchen.« Er dreht sich um und geht ins Haus zurück. »Mona, wir haben Besuch«, ruft er dann, »kommst du bitte mal und bringst Sally mit?«

Ich kann es nicht genau erklären, aber in mir sträubt sich in diesem Moment alles dagegen, dieses Haus wirklich zu betreten. Aber als Kira und Werner an mir vorbeigehen, bleibt mir nichts anderes übrig. Ich schaue kurz, wo Sandro eigentlich steckt, entdecke ihn aber nicht. Komisch, aber mir bleibt nicht viel Zeit, um mich darüber zu wundern. Schnell laufe ich hinter den anderen her ins

Haus. Kaum sind wir alle in der Eingangshalle, zieht Dennis hinter uns die Tür zu – und schließt einfach ab!

In diesem Moment kommt eine Frau aus einem der anderen Zimmer. Sie hält das Gewehr von heute Morgen in der Hand! Heilige Ölsardine, diese Entwicklung gefällt mir aber überhaupt nicht!

Dennis grinst. »Darf ich vorstellen? Meine Frau Mona. Und unsere Sally.«

Als der Name *Sally* fällt, schwenkt die Frau das Gewehr hin und her. Und mir wird klar, dass wir in eine Falle getappt sind.

Ende der Fahnenstange.

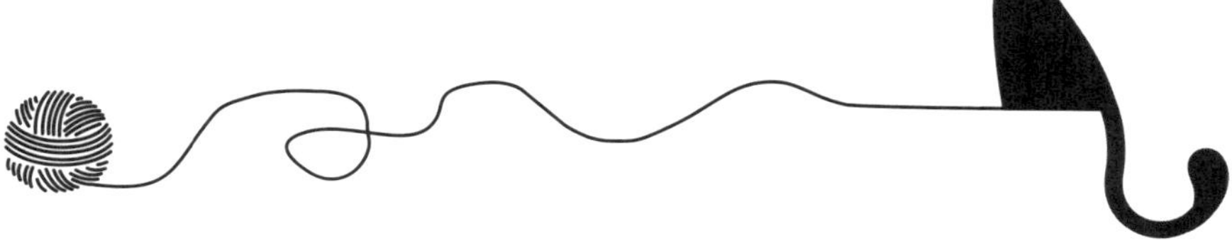

Im Keller riecht es muffig, es ist kalt und feucht. Aber das stört mich nicht weiter, zu groß ist meine Freude darüber, dass es Odette und Rosie einigermaßen gut geht. Ich kann die beiden zwar nicht sehen, denn Mona hat sie in einen Pappkarton gesperrt. Ihre Stimmen klingen aber noch ziemlich fest und kämpferisch, als sie nach mir rufen.

»Winston! Bist du es wirklich?«

Ich lege mich neben den Karton. »Ja, ich bin's. Und ich habe Kira und Werner mitgebracht.«

»Großartig!«, ruft Rosie. »Dann sind wir gerettet!«

»Ähem, noch nicht so ganz«, gebe ich kleinlaut zu.

»Was meinst du denn mit *noch nicht so ganz*?« Odette klingt überrascht. Kein Wunder.

»Äh, also, tatsächlich haben uns Mona und Dennis eben ziemlich überrumpelt und dann mit ihrem Gewehr gefangen genommen und hier eingeschlossen.«

»Oh nein!« Jetzt klingt sie nicht mehr überrascht, sondern enttäuscht. Ich fühle mich schlecht. Ich bin kein Superagent, sondern ein Superversager!

»Werner, was machen wir denn jetzt?«, fragt Kira verzweifelt.

»Ich rufe jetzt die Polizei an. Hätte ich mal gleich machen sollen – du hattest völlig recht!«

Ah, Gott sei Dank! Werner hat ja ein Handy! Er kramt in seiner Hosentasche und holt es hervor.

»Mist!«, ruft er dann. »Kein Empfang!«

»Ja, diese alten Mauern lassen wirklich nichts und niemanden durch.« Ein höhnisches Lachen erklingt. Dennis steht plötzlich im Kellerverlies. Und natürlich hat er Mona und das Gewehr mitgebracht. Heilige Ölsardine! Heute ist wirklich nicht mein Tag!

Er baut sich vor uns auf und verschränkt die Arme vor der Brust. »Die blöden Vierbeiner werden hier niemals rauskommen und ihr werdet hier auch verrotten.«

»Sie sind ja völlig verrückt!« Werner ist fassungslos.

»Mag sein. Ist aber jetzt auch egal. Dieses Haus ist verflucht. Und so, wie es uns Unglück gebracht hat, wird es jetzt auch euch Unglück bringen.«

Mona stellt sich neben ihn und nickt. »Genau. Dieses Haus gehörte meiner Tante Adelheid. Als ich Tante Adelheid pflegte, dachte ich zuerst, ich hätte das große Los gezogen. Ich als ihre einzig lebende Verwandte war ihre Alleinerbin. Eine Villa in dieser Lage ist ein Vermögen wert! Ich hätte nie mehr arbeiten müssen. Was habe ich mich gefreut, als die Alte endlich das Zeitliche gesegnet hat!«

»Ich wusste es! Diese Schlange hat sich nur um unser Frauchen gekümmert, weil sie sich etwas davon versprochen hat!«, faucht Rosie aus dem Karton heraus. »Ich hatte von Anfang an ein komisches Gefühl.«

»Es hat mir weiß Gott keinen Spaß gemacht, sie zu pflegen, das könnt ihr mir glauben«, fährt Mona fort. »Zweiundneunzig Jahre! Warum zum Teufel musste die auch so alt werden?«

»Sie ... Sie sind ja widerlich! Sie haben sich das Vertrauen dieser armen alten Dame erschlichen, nur um an ihr Vermögen zu kommen. Eine Erbschleicherin, wie sie im Buche steht«, ruft Werner empört.

»Beruhig dich, Alter!«, fährt ihn Mona an. »Diese *arme alte Dame* war ein echtes Miststück! Das habe ich leider erst nach ihrem Tod gemerkt.«

Dennis nickt und guckt finster. »Als das Testament eröffnet wurde«, erzählt Mona weiter, »stellte sich heraus, dass Adelheid das Haus dem Katzenschutzbund vermacht hatte. Wir durften lediglich noch drin wohnen – wie ganz normale Mieter. Pah!« Voller Verachtung spuckt sie auf den Boden. »Und alles nur wegen ihrer Scheiß-Katzenliebe!«

»Die beiden Katzen haben wir dann auch mal schnell entsorgt. Dachten wir jedenfalls. Die arme Mona konnte natürlich nicht mehr mit ihnen unter einem Dach wohnen, die hatten uns das doch alles erst eingebrockt.«

Mona lacht irre. »Genau! Das habe ich einfach nicht mehr ertragen! Und dann begann unser Rachefeldzug! Ich habe als Erstes den Katzenschutzbund verklagt! Habe das Testament vor Gericht angefochten. Ich bin mir nämlich sicher, dass Tante Adelheid geistig schon total verwirrt war, als sie ihr Testament aufgesetzt hat. Die alte Schachtel war dermaßen verkalkt, die wusste doch gar nicht mehr, was sie da schreibt.«

Dennis umrundet uns, das Gewehr immer im Anschlag. »Aber wisst ihr eigentlich, wie teuer so ein Prozess ist? Das Gericht, die Anwälte – alle wollen sie Geld! Und unser Konto war leider schnell leer. Die erste Runde haben wir verloren, ich bin mir sicher, die Richter sind alle von der Katzenmafia bestochen worden.«

Katzenmafia? Oh! Mein! Gott! Wir befinden uns wirklich in der Hand von überzeugten Katzenhassern! Lieber Katzengott, wenn du mir wirklich mal einen richtig GUTEN Wunsch erfüllen möchtest, wäre jetzt eine Spitzengelegenheit! Bitte hol uns hier raus! Und zwar heil und in einem Stück! Ich will mein letztes Stündlein nicht in diesem Kellerverlies verbringen!

»Also sind wir vor Gericht in die nächste Runde gegangen«, erzählt Dennis mit finsterer Miene. »Und weil wir völlig pleite waren, habe ich mir noch einen Nebenjob besorgt – bei deinem Kumpel Sandro wurde eine Küchenhilfe gesucht. Ich habe mich vorgestellt, er hat mich sofort genommen. Natürlich haben die vierhundert Mäuse, die ich da im Monat verdient habe, nicht wirklich gereicht.« Er lacht bitter. »Als ich dann gemerkt habe, wie viel Kohle Sandro mit seinem Laden in Wirklichkeit verdient, kam mir die Idee mit der Erpressung … das war doch eigentlich nur gerecht. Ich wurde sowieso viel zu schlecht bezahlt. Und als Laborantin ist Mona sehr einfach an das Gift gekommen. Mit fünfzigtausend Euro hätten wir auf einen Schlag alle Anwalts- und Gerichtskosten bezahlen können und es wäre noch ein bisschen Geld übrig geblieben. Mehr wollte ich ja gar nicht. Aber nein – der blöde Italiener wollte einfach nicht zahlen! Und hat euch anscheinend noch von der Erpressung erzählt, oder? Schwachmat!«

Mona nickt. »Tja, die Leute wissen einfach nicht, was gut für sie ist. Genau wie die Truppe vom Katzenschutzbund. Haben die allen Ernstes gedacht, ich lasse das so auf mir sitzen? Das Gerichtsverfahren war die eine Sache – aber nach der Pleite in der ersten Runde habe ich auch beschlossen, es allen Katzen hier in Hamburg heimzuzahlen. Dann würden die Kack-Tierschützer schon sehen, was sie davon hätten. Ich habe Köder mit Arsen und Schneckenkorn versetzt und überall im Viertel verteilt. Dennis hat mir geholfen. Super, oder? Bestimmt sind viele von den blöden Viechern verreckt!«

Sie lacht so hysterisch, dass sich ihre Stimme dabei überschlägt. Mir wird angst und bange, ich drück mich ganz fest an den Karton und hoffe, dass Odette und Rosie nicht so genau verstehen können, was Mona da erzählt.

»Mein Gott, Winston«, höre ich Odette flüstern. »Die ist völlig irre! Hoffentlich holt uns hier bald jemand raus!«

Sie haben es also doch gehört! Ich fühle mich klein und mickrig. Wie gern hätte ich meiner liebsten Odette diese schlimme Erkenntnis erspart!

Werner räuspert sich. »Äh, aber bei allem Verständnis für Ihre schwierige Lage – was haben wir denn damit zu tun?

Sie glauben doch wohl nicht ernsthaft, dass Sie uns hier ewig versteckt halten können. Man wird nach uns suchen und dann –«

»Halt die Schnauze, Opa!«, unterbricht ihn Dennis rüde. »Sobald Sandro endlich die Kohle rausgerückt hat, sind wir hier weg. Die Sache mit dem Gericht und dem Haus geben wir jetzt auf, soll der Katzenschutzbund doch mit dem Schuppen glücklich werden. Vor allem, wenn sie eure sterblichen Überreste im Keller finden! Wir nehmen die Kohle und düsen ab nach Thailand, da kann man von dem Geld ein schönes Leben führen.«

»Ja«, stimmt ihm Mona zu, »ich dachte, ich könnte das vor Gericht durchziehen, aber ich bin mit meinen Kräften am Ende. Es reicht mir mittlerweile, dass Odette und Rosie hier nun ihr gerechtes Ende finden. Was aus euch anderen wird, ist mir egal. Ihr seid schließlich selbst schuld, wenn ihr versucht, den doofen Katzen zu helfen. Also. Man sieht sich … NICHT!«

Wieder hysterisches Gelächter, dann dreht sie sich um und geht Richtung Kellertür. Dennis folgt ihr.

Okay. Aus. Ende. Das war es. Unser Ende ist besiegelt. Ich höre noch, wie sich der Kerkerschlüssel im Schloss dreht. Und dann gibt es plötzlich einen gigantischen Knall und ich werde von einem gleißenden Licht geblendet.

Was, zur Hölle, war das?

Fröhliche Weihnachten!

»Und dann diese Blendgranate! Ich sage euch – das war so hell, ich konnte die nächsten Minuten gar nichts mehr sehen!«

Kira sitzt, umringt von Werners kleinen Nichten und Neffen, unter dem Weihnachtsbaum und erzählt die Geschichte unserer wundersamen Rettung aus dem Kellerloch. Den kleinen Mädchen und Jungs stehen die Münder offen – Kira ist eindeutig der Star der ganzen Veranstaltung. Vor lauter Aufregung haben die Kleinen bisher sogar vergessen, ihre Blockflöten auszupacken. Ein höchst erfreulicher Nebeneffekt. Selbst der Weihnachtsmann, der vorhin schon da war, um die Geschenke zu verteilen, kann gegen Kiras Story nicht anstinken. Kaum war er wieder gegangen, baten die Kinder Kira, die Geschichte noch einmal von vorn zu erzählen.

Sie ist aber wirklich sehr spannend, und die Tatsache, dass sie auch ein Happy End hat, begrüßt bestimmt niemand so sehr wie ich. Denn nach dem grellen Licht ging alles ganz schnell: Eine Truppe vermummter Polizisten stürmte das Haus, nahm Mona und Dennis fest und befreite uns aus dem Keller. Also, das ist jetzt mal die Kurzfassung. Natürlich dauerte es in Wirklichkeit eine Weile, bis mir klar wurde, dass die vermummten Männer Polizisten waren, die uns nicht ans Leder, sondern uns retten wollten.

Gerufen hatte die Polizei der gute Sandro. In dem Moment nämlich, in dem er hörte, dass seine Küchenhilfe Dennis der Bösewicht war, der mich im Lager eingesperrt hatte, und ihm klar wurde, dass Dennis auch etwas mit den vergifteten Ködern zu tun hatte, beschloss Sandro schlauerweise, nicht mit ins Haus zu gehen. Das war mal eine ganz ausgezeichnete Idee, ich mag mir nicht vorstellen, wie dieser schreckliche Abend sonst ausgegangen wäre! Als Sandro dann noch durch das Flurfenster sehen konnte, wie Dennis uns mit einem Gewehr bedrohte, wusste er, was zu tun war.

»Hatte mich schon Schlag getroffen, als ich erkannt habe Dennis in diese Villa«, ergänzt Sandro Kiras Geschichte aufgeregt. »Ja, Tür geht auf und: *sorpresa!* Überraschung! Sehe ich Dennis! Als er beschimpft *il gatto*, da wusste ich, dass Dennis ist böser Verbrecher! *Mamma mia*, habe ich gedacht, dass ich besser nicht geh in diese Haus.«

Werner kommt zu uns herüber und lacht. »Ja, Sandro – da hattest du den richtigen Riecher und ich war einfach unvorsichtig. Na, es ist ja Gott sei Dank noch mal gut gegangen. Eines steht fest: Du bist unser Held!«

Sandro hebt abwehrend die Hände. »*Ma no!* Aber nein!

Iche finde, der wahre Held iste Winston! *Il gatto bravo!* Der mutige Kater! Denn wenn er nicht verdächtigt hätte Dennis und ihm gefolgt wäre, dann hätten wir nie gemerkt, wie hängt alles zusammen. *Alora*, Winston: Gut gemacht!«

Kira steht auf und kommt zu uns. »Sandro, du hast recht. Winston ist wirklich ein Superkater.« Sie krault mich hinter den Ohren und mir wird ganz warm und wohlig. Dieses Gefühl wird sogar noch gesteigert, als sich Odette nun auch noch an mich kuschelt.

»Ich muss wirklich sagen, dass du das gut hingekriegt hast. Eine Nacht in der Kühlkammer – du warst so tapfer! Spike und Karamell waren sehr beeindruckt, als ich ihnen von unserem Abenteuer erzählt habe! Und auch Tom und Pauli haben zu Kira gesagt, dass sie den mutigsten Kater der Welt hat, als sie vorhin da waren.«

Wenn ich kein schwarzes Fell an meinen Ohren hätte, würden diese jetzt rot glühen. Und wahrscheinlich tun sie es darunter auch!

Ich könnte mich noch stundenlang so neben Odette auf dem Teppich herumlümmeln. Daraus wird nur leider nichts, weil nun Babuschka neben dem Weihnachtsbaum auftaucht und energisch in die Hände klatscht. »So, Essen ist färtig. Kommt alle, sonst wird kalt!«

Frau Hagedorn erhebt sich vom Sofa und strebt zum Esstisch, den Anna und Babuschka bereits sehr reichlich gedeckt haben. Mir läuft das Wasser im Maul zusammen – wie gern würde ich dort selbst Platz nehmen! Aber wahrscheinlich findet sich auch in meinem Napf heute etwas

Nettes. Ich kann mir nicht vorstellen, dass mich Babuschka an diesem besonderen Tag mit Dosenfutter abspeist.

Sandro wirft einen kurzen Blick auf den Tisch. »*Molto bene* – aber ich glaube, da fehlte noch etwas. Momento, ich hole!«

Babuschka schaut ihm erstaunt hinterher. »Was erlaube?! Wieso fehlt?«

Maunz, das war wirklich frech von Sandro – und wagemutig! Niemand wirft Babuschka ungestraft vor, essenstechnisch etwas vergessen zu haben. Ich hoffe doch sehr, dass der bisher äußerst harmonisch verlaufende Abend nun kein böses Ende nimmt! Selbst die doofe Beate schüttelt den Kopf.

»Frau Kovalenko, ich weiß auch nicht, was Sandro meint. Ich finde, Sie und Ihre Tochter sind einfach die perfekten Gastgeberinnen! Mein Schwager ist wirklich ein Glückspilz!«

Nanu? Ganz neue Töne! Offenbar hat der Glühwein, den es schon vor der Bescherung gab, Beate gutgetan. Oder auch die Tatsache, dass Mutter Hagedorn und Werners Schwester Simone Beate gleich bei ihrer Ankunft zur Seite gezogen und ins Gebet genommen haben. Ich habe zwar nicht alles mitgekriegt, was sie zu ihr gesagt haben, aber ein paar Wortfetzen wie »reiß dich zusammen«, »die junge Frau ist wirklich nett!« und »ist doch schön, wenn Werner so glücklich ist« haben gereicht. Werners Mutter und Schwester wollen offenbar, dass der Abend gelingt und Anna sich wohlfühlt! Sehr gut! Und ich hoffe doch sehr, dass nun nicht ausgerechnet Sandro die Eintracht zerstört!

Die Tür zum Wohnzimmer schwingt wieder auf, Sandro kommt, schwer beladen wie ein Esel, herein. Er trägt eine wirklich RIESIGE Flasche vor sich her, zwei große Blumensträuße und einen kleinen Beutel. Er stellt alles auf dem Couchtisch ab, dann dreht er sich zur Festgemeinde, die ihn erstaunt mustert.

»*Alora*, ich will es machen kurz, weil haben alle schon Hunger und es riecht sehr lecker. Meine liebe Anna und Babuschka – vielen Dank für die nette Einladung heute Abend!« Er überreicht den Damen mit formvollendetem Diener die Blumen. »Es ist sehr schön, nach so viel Aufregung Weihnachten feiern zu können mit Freunden wie euch. Als Polizei sagte, ich soll nächste Tage in Hamburg bleiben für mein Zeugenaussage und nicht fahren nach Italia, dachte ich schon, ich musse bleiben ganz allein. Also: *Molto grazie!*«

Er holt die riesige Flasche vom Tisch und gibt sie Werner. »Und du, *mio caro* Werner – biste du echter Freund und hast mir geholfen, diese böse Mensch Dennis zu fassen. Danke! Für dich diese Magnumflasche mit Champagner, die ich möchte gern mit dir und deine *famiglia* zusammen trinken.«

Dann schließlich holt er den Beutel und geht auf die Knie. »So, und nun der wichtigste Helfer hier: *Il gatto nero* Winston. *Caro* Winston, lieber Winston – habe ich schon gesagt vorhin, aber gern noch mal! Du biste sooo mutiger

Kater und hast mich und mein Geschäft gerettet. Und deswegen heute nur für dich: Vitello Tonnato.« Er grinst. »Und garantiert ohne Gift! Sähr lecker!«

Sandro lacht und meine Zweibeiner stimmen fröhlich mit ein. Auch ich bin begeistert – so ein tolles Geschenk!

Kira läuft schnell in die Küche und holt zwei Schälchen. »Na, Odette bekommt doch sicherlich etwas ab, oder?«

Ich schnurre. Na klar!

Als endlich alle Menschen auf ihren Plätzen sitzen, steht Frau Hagedorn auf einmal wieder auf und klopft mit ihrer Gabel an ihr Sektglas. »Keine Sorge – ich mache es kurz. Liebe Frau Kovalenko, liebe Anna, liebe Kira! Ich freue mich sehr über diese schöne Einladung, den Heiligabend mit euch zu verbringen. Und ich spreche für alle Hagedorns, wenn ich jetzt sage: Herzlich willkommen in unserer Familie. Ich wünsche euch fröhliche Weihnachten!«

Anna strahlt, Babuschka nickt würdevoll – und jetzt steht mein Werner auch auf, geht zu Anna, nimmt sie in den Arm und küsst sie! Die kleinen Kinder kichern, die Erwachsenen rufen »Oh« und »Ah« und applaudieren. Selbst Beate sieht ganz glücklich aus.

Odette knufft mich in die Seite. »Hey, und was ist mit mir?«

Und was sage ich dazu? Ganz einfach: gar nichts. Ich lasse lieber Taten sprechen. Und reibe meine Nase ganz zärtlich an ihrer!

FRÖHLICHE WEIHNACHTEN!

Danksagung

Schon vier Abenteuer hat Winston mittlerweile überstanden – und ich freue mich RIESIG über die vielen lieben Mails, die gemalten Bilder, ja überhaupt über den tollen Zuspruch seiner kleinen und großen Leser! Dafür an dieser Stelle also vielen, vielen Dank!

Ein besonderes Dankeschön verdient auch das wunderbare Team, das hinter Winston steht und ihm eine sehr kuschelige Heimat beim Loewe Verlag bereitet. Ein bisschen Wehmut überkommt mich an dieser Stelle allerdings: Denn nach nunmehr drei gemeinsamen Winston-Büchern verschlägt es meine Lektorin Christiane Rittershausen nach München. Der Liebe wegen. Na gut – gegen so eine Himmelsmacht ist natürlich auch der schlauste Kater der Welt machtlos … Liebe Christiane, vielen Dank für die tolle Zusammenarbeit und alles Gute in Minga! Wir – Winston und ich – werden dich vermissen! Und hoffen natürlich, dass wir eines fernen Tages doch noch mal ein gemeinsames Büchlein stricken werden.

Dann natürlich der Dank an die Heimmannschaft: Bettina, Bernd – und seit Neuestem auch Sarah. Ihr seid einfach die besten Erstleser und Ratgeber, die man sich nur wünschen kann!

Last but not least: Die Scheunemädels. Kira, Tessa und Greta sind die härtesten Kritiker, die man sich nur vorstellen kann. Tut aber jedem Manuskript gut – vielen Dank für eure guten Anregungen und ehrlichen Worte!

Frauke Scheunemann, geboren 1969 in Düsseldorf, ist promovierte Juristin. Sie absolvierte ein Volontariat beim NDR und arbeitete anschließend als Journalistin und Pressesprecherin. Seit 2002 ist sie freie Autorin. Ihre Romane um den kleinen Dackel Herkules waren monatelang auf der Spiegel-Bestsellerliste. Frauke Scheunemann ist verheiratet und lebt mit ihrem Mann, ihren vier Kindern und dem kleinen Hund Elmo in Hamburg.